united
p.c.

AF144818

© 2019 united p. c. Verlag

Gedruckt in der Europäischen Union auf umweltfreundlichem, chlor- und säurefrei gebleichtem Papier.

www.united-pc.eu

Olaf Blunk

ID

Mit Fotos von Olaf Blunk

Titelcover: Foto: Olaf Blunk / Raumschiffdesign: Tim Engel

Das Surren mehrerer Lüfter ging durch den stockdunklen Raum und hallte ungleichmäßig und verworren über den kühlen Stahl. Nur langsam fokussierten Davids Blicke sich auf die leuchtenden und blinkenden Lichter auf dem Cockpit vor ihm, während sein Körper sich fast schon von allein aufzurichten versuchte. Hier und dort schlugen Funken durch Armaturenbretter, während Bildschirme mit Videoaufnahmen aufleuchteten, kurz aufflackerten und wieder erloschen. In demselben Augenblick als David sich mit seinem Oberkörper an einen Raumfahrtsessel lehnte, hatte er den entscheidenden Flashback:

„Undefinierte Raum-Zeit-Anomalie, Koordinaten: V37, X5-7. T minus 12. Kursänderung möglich in 30 Minuten." So weit die Analyse des Bordcomputers.

David keuchte, während er sich an eine Beule an seinem Kopf fasste. Was war nur passiert? Kalter Schweiß lief ihm über die Stirn. Noch unheilvoller als der Verlust seines Gedächtnisses war, dass er sich nicht an seine Crewmitglieder erinnern konnte, es war, als wäre er die ganze Zeit alleine im Raumfrachter unterwegs gewesen. Er blickte sich in der leeren Kommandozentrale des Raumschiffes um, dann fuhr er plötzlich zusammen, als auf einem schräg über ihm befindlichen Bildschirm eine Frau erschien. Sie trug eine weiße Kunststoffweste und leuchtete mit einer Taschenlampe in einen dunklen Gang. David versuchte sich zu konzentrieren, während die Videoaufnahme flimmerte, flackerte und immer wieder kurz aussetzte.

„A...A...Anna!", stotterte David.

David hustete, während er sich um die Schultern fasste, da ihn eine merkwürdige Kälte beschlich. Viel wichtiger als das, was passiert war, erschien ihm jetzt der desolate Zustand des Raumschiffes. Was wusste der allwissende Bordcomputer? Wie konnte er ihm weiterhelfen? David räusperte sich.

„NX-2, wie ist der Status?"

Eine merkwürdige, monotone Stimme erklang über die an den Decken angebrachten Lautsprecher.

„Protokoll 10: Defragmentierung aller überlebenswichtigen intelligenten Einheiten, Minimierung auf logisch umsetzbare Prozesse..."

David schüttelte entnervt den Kopf, stemmte sich an dem Sessel hoch, versuchte seinen zitternden Körper aufzurichten.

„Übergehe Protokoll 10. Wie ist der Status des Raumschiffes?"

David wuchtete sich in einen Cockpitsessel, wobei ein Pappbecher mit Kaffee unsanft auf dem Boden landete und die Flüssigkeit gurgelnd in einem Gitter abfloss.

„Es verbleiben zwei voll funktionstüchtige Steuereinheiten, Sie sitzen in einer von ihnen. Wir sind seit einigen Stunden in die Umlaufbahn von Daphne XI eingetaucht, logische Rekonstruktion der bisher zurückgelegten Strecke nicht möglich..."

Immer wieder flackerten Monitore auf, die verzerrt in schwarz-weiß und flimmernd stumme Aufnahmen von Crewmitgliedern wiedergaben, die durch die zahlreichen Sicherheitskameras aufgezeichnet worden waren.

David versuchte sich an sie zu erinnern, aber es war, als ob ihre Gesichter und Namen einfach keine Bedeutung hatten.

„...Landung in voraussichtlich fünfeinhalb Stunden, Erfolgswahrscheinlichkeit 65 Prozent..."

David zuckte zusammen und richtete sich leicht gebückt auf wie eine Katze, die kurz vor dem Absprung steht.

„65 Prozent?! Was fehlt zu 100 Prozent?"

„Zustand des Raumschiffs: Code orange. Co-Pilot nicht vorhanden..."

„Übergehe Co-Pilot, Zusammenlegung der Steuereinheiten Sigma 5 und Probe 1... Warte, willst du mir sagen, dass ich der letzte Überlebende bin?!"

„Biosensorische Analyse der für Menschen zugängliche Bereiche: Cockpit plus eins, Rest: null."

David fuhr sich durch die Bartstoppeln, versuchte den Alptraum, in dem er sich befand, irgendwie abzuschütteln. Er blickte aus einem Fenster, während er sich an der Wand abstützte. Die sphärischen Lichter eines bedenklich nahen, gelb-orangen Planeten fielen durch das zentimeterdicke Glas und blendeten ihn. David atmete tief durch, versuchte sich zusammenzureißen.

„Also gut, was muss getan werden?"

„Der Relaisdoppler XF-357 ist ausgefallen, Reparatur unumgänglich..."

David blickte gestresst nach oben. Er wusste, was ihn erwartete. Es erschien ihm nur komisch, dass er wusste, wo der Relaisdoppler zu finden war, während er sich nicht mal ansatzweise erinnern konnte, mit wem er geflogen war. Ein grün-weißer, eiförmiger Roboter, der auf den Namen XR-9 hörte, fuhr einige Meter über ihm kopfüber an einem Gleis entlang, um ihm die für einen Weltraumspaziergang nötige Ausrüstung zu beschaffen.

„...sekundäres Ziel ist die Überprüfung aller Protonenantriebe durch kurzzeitige Zündung..."

David nickte, während ein flaues Gefühl in seinem Magen den bevorstehenden Weltraumspaziergang ankündigte. Was war bloß passiert?

„Übergehe Raumschiffreparatur, eingehende Funkmeldung!", hallte es durch den leeren Raum.

David starrte angespannt auf einen Monitor hinter ihm, während er sich an den Sessel lehnte.

„Nicht identifiziertes Raumschiff, bestätigen Sie den Landeanflug auf Daphne XI, Sektor DTS?"

Auf dem Bildschirm erschien ein Mann mit einer dicken Hornbrille, der auf Kontrollmonitore unterhalb von ihm starrte, während hinter ihm sich eine Frau kopfschüttelnd mit Kollegen unterhielt.

XR-9 tauchte in einer sich öffnenden Luke unter David auf und reichte ihm mit seinen mechanischen Armen einen Raumfahrtanzug.

„Ich bestätige erst einmal gar nichts."

David stieg rückwärts in die eine Hälfte des Raumanzuges und drückte auf einen Knopf am Ärmel, woraufhin diverse Stränge die andere Anzughälfte an seinem Körper festzurrten. XR-9 stellte einen Helm und ein Paar Stiefel vor ihm ab, fuhr dann an einem im Boden eingelassenen Gleis wieder surrend davon. Das Bild der David anfunkenden Kontrollstation auf dem Monitor riss kurz ab, tauchte dann wieder auf.

„...begehen eine verbotene Handlung laut Raumfahrtprotokoll 5, Absatz 2..."

Wieder riss die Übertragung ab, während David in die Stiefel stieg und sie mit dem Anzug verband. Der eiförmige Roboter kehrte mit einem Jetpack und einem Bauchrucksack zurück. David legte den Rucksack an und schnallte sich den Jetpack auf den Rücken. Die Stimme des Bordcomputers ertönte erneut.

„Schalte Funkübertragung stumm. Bevorstehender Eintritt in die Atmosphäre von Daphne XI in weniger als 2 Stunden. Zeitfenster für die Reparatur T minus 60 Minuten..."

David atmete angespannt tief durch, schritt dann mit dem Helm unter dem Arm aus dem Rund des Cockpitraumes, während hinter ihm wieder leise die Stimme des Mannes mit der Hornbrille einsetzte. Dann betrat er einen geräumigen Tunnel, stellte sich an ein im Boden eingelassenes Pult und drückte einen grünen Knopf. Wenige Augenblicke später kam eine Ein-Mann-Raumgondel über in den Boden eingelassene Schienen angerast und hielt lautlos vor dem Pult. David stieg ein, legte in der Gondel einen Schalter um, woraufhin ein Touchscreen mit einer dreidimensionalen Karte vor ihm aufleuchtete, auf dem er die Route zu einem der Raumschiffausstiege festlegte. Schon raste die Gondel mit ihm davon.

David öffnete den Reißverschluss des Rucksackes und ging schnell die elektronischen Werkzeuge darin durch, während die Gondel sich in einen Turm einklinkte und aufwärts fuhr. Die Gondel klinkte sich wieder aus und hielt vor einem Lift. David stieg aus, während er auf seine auf dem rechten Ärmel seines Anzugs angebrachte Uhr starrte. Dann stellte er sich vor die Lifttür und betätigte einen Schalter, während er eine Stoppuhr stellte. Schließlich legte er den Helm an und betrat den angekommenen Lift, der mit ihm nach oben sauste. Der Lift hielt in einer großen Luftdruckschleuse mit diversen Toren.

„Bestätige Austritt aus Gaeta 9. NX-2, öffne die Schleusentore!", gab David tief atmend im Helm durch.

Anschließend schritt er durch die sich öffnenden, zischenden Tore und blieb vor der finalen Luke stehen, die durch einen Drehmechanismus entriegelt werden musste. Die Unendlichkeit lag vor ihm und doch blieb so wenig Zeit.

Es war gewiss nicht Davids erster Raumspaziergang, dennoch setzte wie immer ein heilloser Schockzustand ein, nur gemildert durch das Wissen um das sich entwindende Drahtseil, über das er mit dem Raumschiff verbunden war. Die weißlich leuchtenden Nebelringe des gelb-orangenen Planeten hoben sich vor der weißen Oberfläche des Raumschiffes ab, während seine gleichmäßige, laute Atmung im Helm ihm mehr als unheimlich vorkam. Es kostete ihn zwar kaum Anstrengung, den Jetpack zu bedienen, mit dem er rapide auf die Raumschiffunterseite zusteuerte, dennoch war ein anderer Teil von ihm angesichts der schwerelosen Unendlichkeit, die ihn umgab, völlig desorientiert. Schon bald tauchte er in den dunklen Bereich der Unterseite von Gaeta 9 ein, woraufhin sich grell leuchtende Scheinwerfer auf seinem Jetpack einschalteten.

„NX-2, kannst du mich hören?"

Davids Atem ging unregelmäßig.

„NX-2?"

Ein mulmiges Gefühl beschlich David, als die epochalen Ausmaße des Raumschiffes vor der Kulisse des viel zu nah erscheinenden Planeten verschwindend klein erschienen.

„Relokalisierung in Quadrant 15. Stabilisiere Funkortung", ertönte die Stimme des Bordcomputers in Davids Helm.

David sah auf die Stoppuhr an seinem Ärmel. Ihm blieben noch 44 Minuten.

„Nähere mich der Relaisdopplerstation 2. Bitte um Einleitung der Umkehr- und Platzhalterprozesse."

„Bestätigt."

David flog kopfüber in eine im Raumschiff halbkugelförmig eingelassene Steuereinheit an und drückte einen Knopf am Ärmel seines Raumanzugs, woraufhin seine Stiefel sich magnetisch in dem Boden verankerten. Ein reflexartiger Blick über die Schulter ließ ihn aus dem Augenwinkel ein Raumschiff erblicken, das in weiter Ferne Daphne XI verließ. Beinahe mechanisch öffnete er den Rucksack und entnahm ihm einen Handscanner, den er an die halbkugelförmige Oberfläche unter sich hielt, während sein viel zu lauter Atem wieder einigermaßen gleichmäßig ging. Hätte er sich nicht auf die vor ihm liegende Aufgabe konzentrieren müssen, er hätte bestimmt das letzte bisschen seines Verstandes eingebüßt, dessen war er sich sicher. David bewegte sich langsam um die Halbkugel, um den unheilvoll näher rückenden Planeten im Auge zu behalten – es war, als säße er im Kino viel zu nah vor einer Leinwand, nur dass die Leinwand immer näher rückte.

„Alle Prozesse abgeschlossen", gab NX-2 durch.

David nickte, während er mit dem Scanner die Schaltkreise und Leitungen gleich eines Röntgenapparates durchleuchtete.

„Eingehender Funkanruf. Weiterleiten?", fuhr der Bordcomputer fort.

„Ablehnen!"

Im Display des Scanners blinkte etwas rot auf.

„Fehler in der Systemzuordnung. Schick mir XR-9. Ich brauche Ersatzteile für alle Sicherungen", schnaufte David.

„Ersatzteillieferung für XF-357 bestätigt. Ankunft in voraussichtlich weniger als 5 Minuten."

David seufzte und atmete tief durch, während er auf die Uhr blickte. Was sollte er bloß mit den kommenden fünf Minuten anstellen? Ihm verblieb nur nochmal auf eventuelle Fehler zu scannen. Als er damit fertig war, sprang vor ihm eine Luke zischend auf und XR-9 erschien mit einem kleinen Koffer in der Linken und einem Akkuschrauber im rechten Greifarm. Der eiförmige Roboter stellte den magnetischen Koffer ab und öffnete mit dem Akkuschrauber die halbkugelförmige Abdeckung, die über dünne, weiße Drahtseile mit der Raumschiffoberfläche verbunden blieb. Dann schob er eine weitere Abdeckung beiseite und wechselte die Sicherungen aus. Unterdessen sah David auf die Uhr, es verblieben noch 23 Minuten, um das Raumschiff wieder auf Kurs zu bringen. Das mechanisch verstärkte Geräusch seiner eigenen Atmung waren inmitten des unendlichen Raumes und der tiefen Stille des Alls die einzigen Anzeichen von Leben, die ihn umgaben. Schließlich schloss XR-9 die große Abdeckung wieder und wartete auf weitere Instruktionen. Ein finaler Scan des reparierten Bereiches offenbarte David, dass alles wieder in Ordnung war.

„NX-2, beauftrage sämtliche XR-Roboter mit der provisorischen Zusammenstellung aller Protonenantriebsersatzteile. Lagerung in Hallway 9, Gang 3."

„Bestätigt."

Schnell packte David den Scanner in seinen Bauchrucksack, entkoppelte den Magnetismus seiner Stiefel von der Oberfläche des Raumschiffes und schwebte kopfüber über die abgesehen von vereinzelten roten Lämpchen völlig dunkle Unterseite von Gaeta 9 hinweg. Durch das Zuschweben auf die sich ohnehin rapide nähernde Planetenoberfläche wurde ihm erneut mulmig zumute, nur sein mechanisch verstärkter Atem hielt ihn zusammen und erinnerte ihn daran, dass er aus Fleisch und Blut war.

Ehe David es sich versah, war er auch schon an dem Drehmechanismus des Schleusentores zugange und betrat wieder das Raumschiff. Innen angelangt betätigte er die Stoppuhr, die er bei exakt neun verbleibenden Minuten anhielt. Einige Gondelfahrten weiter kam David in dem gigantischen Maschinenraum des Raumschiffes an, wo er sich mit dem Helm unter dem Arm an ein großflächiges Terminal in dessen Mitte begab.

„Erbitte Zugriff auf sämtliche Steuereinheiten. Code: Gamma 10."

Eine monotone Stimme ertönte schallend über im Boden eingelassene Lautsprecher:

„Authentifizierung erfolgreich."

„Erbitte kurzzeitige Zündung aller Protonenantriebe, Intervall 1 Minute."

„Bestätigt."

David stützte sich ermattet an dem Terminal ab, während das Brummen und Zischen diverser Motoren, Pumpen und Aggregate zu vernehmen war.

„NX-2, wie siehts aus?"

„Eintritt in die Planetenatmosphäre in weniger als 50 Minuten. Stablisierung aller Cockpitfunktionen. Erfolgswahrscheinlichkeit einer Landung hat sich auf 75 Prozent erhöht."

David reagierte mit einem unbewussten Nicken, obwohl er genau wusste, das in der Raumfahrt selbst 99 Prozent zu wenig waren. Andererseits waren Flugzeuge auch schon mit nur einem Triebwerk, manchmal auch nur mit einem Flügel notgelandet, beruhigte er sich selbst. Eine kurzzeitige Erschütterung des Raumes deutete unterdessen auf die Zündung eines Protonenantriebes hin.

„Erste Zündung stabil, leite die nächste ein", ertönte die monotone Stimme erneut.

Trotz der stabilen Funktionen war David zutiefst beunruhigt, erst jetzt erreichte ihn die Ungeheuerlichkeit seiner Situation voll und ganz. Eine undefinierte Raum-Zeit-Anomalie konnte nur auf ein nicht verzeichnetes schwarzes Loch hindeuten. War die Crew darin verschwunden? Warum hatte es ihn nicht verschlungen? Den Planeten, auf dem er jetzt notlanden musste, kannte er nicht, was hieß, dass er sich außerhalb der ihm bekannten Planetensysteme befinden musste. Dass ihn Menschen angefunkt hatten, war indes nur ein schwacher Trost, vielleicht würden sie sein Raumschiff auch einfach vor der Landung abschießen, wenn es ihnen in den Kram passte. Raumfahrtprotokoll 5? Dunkel in seiner Erinnerung tauchte da etwas auf. Wieder erbebte das Schiff, was ihn aus seinen Gedanken riss.

Er wusste genau, daß bei einer Fehlzündung das Raumschiff in Sekundenbruchteilen implodieren konnte - das wäre es dann gewesen.

„Zweite Zündung stabil."

Vage tauchte etwas in Davids Gedanken auf, aber es war einfach zu weit entfernt, als daß er darauf zugreifen konnte. Es erschien ihm, als wären seine eigentlichen Erinnerungen hinter einer unsichtbaren Glaswand verschlossen, während er nur auf allerlei Platzhalter davor zugreifen konnte. Eine weitere unsanfte Erschütterung ging durch den Raum.

„Letzte Zündung stabil. Alle Systeme auf 100 Prozent", gab die Terminalstimme durch.

David schnappte sich rasch den Helm, den er auf dem Terminal abgelegt hatte und eilte mit ihm aus dem Maschinenraum. Ein paar Gondelfahrten später kam er wieder im Cockpitraum an, in dem wieder alle Lampen leuchteten und die Bilder auf den Monitoren stabil liefen. Der Gestank versengter Leitungen war das einzige, was auf die zurückliegende Kollision hinwiess. Hinter dem Sitz des Co-Piloten stehend, blickte David schnell nach oben auf einen Kontrollmonitor.

„Bitte um Entkopplung von Probe 1", forderte er an.

„Bestätigt."

Die Lenkeinheit des Co-Piloten-Sitzes entkoppelte sich zischend. David schleppte die schwere Vorrichtung mit dem voluminösen Steuerknüppel zum Pilotensitz, klinkte sie dort in ein Armaturenbrett ein. Dann entledigte er sich seines Bauchrucksackes, warf ihn auf den Boden und dann legte den Jetpack auf den Sitz neben sich. Als er sich überhastet in den Pilotensessel wuchtete, wurde ihm plötzlich schwindelig. Ihm fiel ein, dass es schon lange hergewesen sein musste, dass er etwas gegessen hatte.

„Beauftrage XR-9 mit etwas Essbarem. Drucke mir außerdem eine Liste aller Crewmitglieder inklusive Fotos aus", wies David an.

„Bestätigt. Es verbleiben weniger als 2 Stunden bis zur Landung. Erfolgswahrscheinlichkeit liegt bei 92 Prozent."

David blickte versonnen aus dem Cockpitfenster vor ihm. Neuer Planet, neues Glück? Was erwartete ihn bloß? Nachdem ihn aller Wahrscheinlichkeit nach ein schwarzes Loch außerhalb der ihn bekannten Planetensysteme teleportiert hatte, stellte sich die unvermeidliche Frage, ob er jemals zurückkehren konnte, von wo er gekommen war. Die nächste Frage, woher er eigentlich kam. Seine Heimat erschien wie ein flüchtiger Gedanke unter vielen, nebulös gleich einer Fata Morgana.

„Ich bitte um Missionsparameter des Raumschiffes.

„Primäres Ziel: Beförderung der Passagiere nach Calima P. Sekundäres Ziel: Überführung diverser technischer Gegenstände zu dessen neuer Raumstation. Alle weiteren Ziele: klassifiziert..."

„Moment! Was heißt das? Klassifiziert durch wen?"

„Auch das ist klassifiziert."

David sträubten sich die Haare. Als er zu einer weiteren Frage ansetzen wollte, wurde er durch XR-9 unterbrochen, der ein Tablett mit einer Mahlzeit vor ihm abstellte.

„Danke, XR-9!"

David griff nach einer Wasserflasche in der seitlichen Halterung des Pilotensitzes, stürzte hastig ein paar Schlücke herunter und hakte nochmal nach.

„Also, wer hat Zugriff auf die klassifizierte Information?"

„Leider darf ich darüber keine Auskunft geben."

Na toll, dachte David entnervt, während sich Daphne XI unbarmherzig näherte.

„Na gut, gehen wir zur Landung über. Gib mir Auskunft über die fehlenden 8 Prozent."

„Logische Zuordnungen durch räumliche und zeitliche Diskontiuität nicht möglich. Diverse Ausfälle überlebensunwichtiger Instrumente. Landung mit nur einem Besatzungsmitglied..."

„Sonst noch was?"

„Daphne XI ist in der Datenbank des Bordcomputers nur sekundär verzeichnet. Es fehlen diverse Informationen."

David schüttelte sich. Seine Lage gefiel ihm weniger und weniger.

„Ach so, wie sieht es mit Daphne XI aus? Was muss ich wissen?"

„Menschenfreundlicher Planet, Atmosphärenumwandlung nicht erforderlich. Erschlossen im Jahr 2857. Bevölkerung circa 500 Millionen Menschen. Weitflächig gestreute Städte, teilweise unzugängliches Gebiet..."

David, der gerade dabei war, sich von den vielversprechenden Informationen einlullen zu lassen, schreckte durch einen plötzlichen Alarmton auf.

„...ich unterbreche wegen dringlicherer Landungsparameter."

„Ja, was? Schieß los."

„Einheit HDR-X nicht voll funktionstüchtig..."

„Verdammte Scheiße!"

„...Umschaltung auf manuelle Steuerung."

„Leg mir alle Infos zur manuellen Steuerung auf Monitor 21."

„Bestätigt."

David stürzte eilig ein paar Essenshappen herunter, legte dann das Tablett beiseite und schnallte sich an.

„Eintritt in die Planetenatmosphäre in weniger als 30 Minuten."

„Check. Teste jetzt die Steuereinheiten, Umschaltung auf manuelle Steuerung."

„Bestätigt."

Es kam ihm merkwürdig vor, dass er mühelos in der Lage war, ein Raumschiff zu steuern, sich aber an die einfachsten Sachen nicht erinnern konnte. Wo kam er her? Hatte er Familie? Sicher hätte er auch einfach den Bordcomputer fragen können, aber das wäre ihm komisch vorgekommen, fast so, als wie sich von einem Geldautomaten seinen Namen nennen zu lassen. Sein Name? Was war sein Name? David überredete sich schließlich doch, NX-2 zu fragen.

„NX-2, was ist mein Name?"

„David Betoma, geboren 21.7.3052. Falls dies eine ernst gemeinte Frage war, ist die Erfolgwahrscheinlichkeit der Landung dramatisch gesunken."

David musste kurz lächeln, beugte sich dann konzentriert über die Steuerknüppel:

„Manuelle Steuerung, bitte um Stabilisierung und Autokorrektur."

„Bestätigt."

David fühlte sich zunächst unwohl dabei, das gigantische Raumschiff alleine zu steuern, wusste aber das ihm angesichts dessen ungewissen technischen Zustandes keine andere Wahl blieb. Er überprüfte sämtliche Steuerfunktionen und machte sich dann an die manuelle Steuerung der ausgefallenen Einheit, während er den auf dem Monitor eingeblendeten Instruktionen folgte.

„HDR-X komplett einsatzbereit", gab David konzentriert durch.

„Bestätigt. Noch 25 Minuten bis zum Eintritt in Daphne XIs Atmosphäre."

„Schalte um auf automatische Steuerung", keuchte David, der wieder den schweren Steuerhebel losließ.

Kurz darauf fiel er in ein undefinierbares, schummriges Loch, in dessen andachtsvolles Schweigen er voll und ganz eintauchte. Der Bordcomputer meldete sich einige Minuten später wieder zu Wort:

„Scan des Landesektors komplett. Landung auf Wasser sehr wahrscheinlich."

„Wasser?! Was zum...?"

„Manuelle Steuerung wegen Ausfall der Einheiten PH-6 und DX-2 zu riskant. Ausstieg durch Notfallkapsel empfohlen."

„Verdammte..."

David stand plötzlich kerzengerade vor dem Cockpitfenster, auf dem die weißlichen Nebel der Planetenringe in greifbare Nähe rückten. Es war, als wäre er zweigespalten. Die eine Hälfte in ihm wollte schnell alles wichtige Hab und Gut zusammenraffen, während der andere Teil genau wusste, dass er sich ausschließlich auf die Landung konzentrieren musste, um zu überleben, weshalb er sich rasch wieder setzte.

„Notfallkapsel? Ok, wie sieht es mit einer Steuerung unter Wasser aus?"

„ASC-2 ist zu 100 Prozent unter Wasser funktionstüchtig. Soll ich ihnen die Instruktionen auf den Monitor legen?

„Nein, bitte ausdrucken. Beauftrage RX-9 mit der Zusammenstellung eines Überlebensrucksackes. Lieferung an die Notfallkapsel."

„Bestätigt. Wir tauchen in wenigen Minuten in die Atmosphäre von Daphne XI ein. Bitte anschnallen."

Wenig später wurde das Raumschiff von unzähligen kleinen Eruptionen erschüttert. David schaltete einen der Monitore vor ihm auf Radaransicht um, während er ein paar Schalter umlegte, um das Raumschiff zu stabilisieren. Dann griff er in eine Seitentasche des Sitzes und holte eine 3D-Brille hervor, die ihn mit zusätzlichen Informationen versorgen sollte. Diese setzte er sich auf und knipste sie an, woraufhin viele kleine Displays in seinem Gesichtsfeld erschienen. Ein starkes Rucken ging durch das Raumschiff und schüttelte David kräftig durch.

NX-2 meldete sich: „Erhöhung des Umkehrschubs in T minus zwei Minuten. Seitenstabilisatoren auf 85 Prozent. Hitzeschild im grünen Bereich."

„Check. Falls wir uns nicht wiedersehen: Was ist deine Meinung zur undefinierbaren Raum-Zeit-Anomalie?"

„Bordcomputern der NX-Reihe ist es untersagt, eine Meinung zu haben. Eine Analyse ist aufgrund einer fehlenden Basis sowie diverser unvollständiger Informationen nicht möglich. Es gab einen Start- und einen Zielpunkt, jetzt gibt es nur noch den Ausgangspunkt der aktuellen Lage. Umkehrschub wird eingeleitet. Alle Parameter nominell zum Profil."

„Wie sieht es mit der Landung von Gaeta 9 auf Wasser aus? Welche Probleme erwarten mich? Wann muss ich die Notfallkapsel benutzen? Vor oder nach der Landung?"

„Zeitfenster für das..."

NX-2s Stimme wurde kurz durch eine heftige Eruption unterbrochen.

„...Zeitfenster für das Betreten der Notfallkapsel öffnet sich in drei Minuten. Erhöhte Erfolgswahrscheinlichkeit bei einer Entkopplung der Notfallkapsel nach der Landung. Es wird dringend empfohlen, sich in spätestens 45 Minuten in sie zu begeben."

„Was ist mit HDR-X?"

„Umgehung durch intelligente Simulation und VFC-kompatible Sensoren. Landegenauigkeit verschlechtert sich um 5-15 Prozent."

„Wie hängt die die Landegenauigkeit mit der Erfolgswahrscheinlichkeit zusammen?"

„Durch die Ausmaße des Sees verschlechtert sich die Erfolgswahrscheinlichkeit nur marginal."

„Was erwartet mich unter Wasser? Feindliche Lebewesen, unterseeische Gebirge, sonstige bio-feindliche Faktoren?"

„Die Analyse des Sees ergab bis jetzt nur Positives. Wassertemperatur liegt bei 10 Grad, der Druck auf dem Grund des Sees liegt bei circa 75 bar. Ein Zünden der Raumkapsel wird spätestens ab einer Tauchtiefe von 250 Metern empfohlen."

David fuhr sich über die Bartstoppeln und nickte, um sich selbst zu beruhigen.

„RX-9 ist mit der Zusammenstellung des Überlebensrucksacks fertig. Erwartete Ankunft bei der Raumkapsel in 2 Minuten."

David beugte sich vornüber und legte die Arme auf seine Beine, um das Rumoren in seinem Magen zu beruhigen. Er starrte dabei angespannt durch das Fenster, während weitere, heftige Erschütterungen das Cockpit erzittern ließen.

„Umkehrschub ist auf Maximum, Protonenantriebe weiterhin stabil."

„Danke, NX-2."

Plötzlich verschwand der weißliche Nebel und gab den Blick auf die Planetenoberfläche frei, die in gelben, orangenen und violetten Tönen erstrahlte. David nahm kurz die 3D-Brille ab, um sich mental auf den neuen Planeten einzustellen, setzte sie dann aber schnell wieder auf. Was erwartete ihn bloß? Zivilisation, das war klar, sogar freies Atmen ohne Atmosphärenwandler. Die nächste Stadt konnte aber weit entfernt sein.

„Hilf mir auf die Sprünge, NX-2. Was hat Priorität?"

„Alle Durchsagen und Informationen zur Landung haben oberste Priorität. Über alles nach der Landung kann Ihnen MX-4 später Auskunft geben."

„Wer ist MX-4?"

„Der Bordcomputer der Notfallkapsel."

„Ach ja, stimmt..."

„Erwartete Ankunft auf Daphne XI in weniger als 30 Minuten. Es wird aufgrund der Instabilität planetarischer Landungen und sonstiger unkalkulierbarer Parameter dringend empfohlen, sich sofort in die Notfallkapsel zu begeben."

David legte die Brille weg, schnallte sich ab, erhob sich und stützte sich am Pilotensitz ab, während es hier und dort schepperte und allerlei merkwürdige Geräusche durch den Cockpitraum heulten. Er schnappte sich den Helm - sollte es hart auf hart kommen, würde der Raumfahrtanzug sein einziger Schutz vor dem Wasser sein. Anschließend arbeitete er sich durch den Cockpitraum, während er sich wegen der Erschütterungen hier und dort festhalten musste. Schließlich gelangte er zu einer Leiter, die nach oben in einen Tunnel führte. Dort sah er sich rasch um und stellte fest, dass die Notfallbeleuchtung brannte. Kurz darauf erreichte er die nächstgelegene Gondel und programmierte auf dessen Touchscreen den Weg zur Notfallkapsel ein.

„Bitte anschnallen!", ertönte es aus einem Lautsprecher über ihm.

David tat wie geheißen, während es ihm komisch vorkam, dass NX-2 ihm weder die Gondel an den Leiterausgang geparkt, noch den Weg zur Kapsel programmiert hatte. Im gleichen Moment als die Klinke des Anschnallgurtes einrastete, raste die Gondel los, fuhr dann eine Wand senkrecht hoch und kurz kopfüber an der Decke entlang. Die Gondel parkte, während der Boden mitsamt der Gleis, auf dem sie hielt, sich um 180 Grad drehte und in den Boden einer geräumigen Lagerhalle eingelassen wurde. Die Fahrt wurde mit verringerter Geschwindigkeit fortgesetzt, an großen, mit weißen Tüchern verdeckten technischen Apparaturen vorbei, während weitere schwere Erschütterungen durch das Raumschiff gingen. David blickte auf die Uhr, es blieben noch zehn Minuten bis zur Wasserlandung auf. Der Touchscreen zeigte eine Ankunft bei der Notfallkapsel in drei Minuten an.

Die Ein-Mann-Gondel bog ab und fuhr in einen geräumigen Lift, in dem sich die Türen schlossen. David blickte durch das Fenster des Lifts, der schwerfällig nach oben startete, dann aber zunehmend beschleunigte. Durch das im Liftboden eingelassene Plexiglas starrte David in endlose Tiefen, während er feststellte, daß in den an den angrenzenden Gängen nicht überall Licht brannte. Der Lift wurde unterdessen ab und zu von Eruptionen erschüttert, woraufhin er langsamer fuhr. Ein abermaliger Blick auf den Touchscreen offenbarte, dass die Gondel zwei Minuten Verspätung hatte. David hielt die Luft an, es würde knapp werden. Eine halbe Ewigkeit später, wie es ihm schien, kam der Lift schließlich ganz oben an. Die Lifttür öffnete sich und die Gondel sauste los.

„Voraussichtliche Landung in T minus 8 Minuten", hallte die Stimme von NX-2 durch die Gänge des Tunnels, während das Gefährt auf einer Rundweiche hielt, die sich in Richtung einer Rampe drehte, die in einiger Höhe über eine Ansammlung von großen Treibstofftanks führte. Es fuhr aufreizend langsam über sie hinweg, gleichzeitig rückte die runde Wand der Notfallkapsel in Sichtweite. Als David sie sah, setzte er sich schnell den Helm auf und verankerte ihn per Knopfdruck mit dem Rest des Anzugs. Ein kurzer Blick auf die Uhr bestätigte, dass noch sechs Minuten bis zur Landung verblieben. Als die Gondel vor der Eingangstür der Notfallkapsel hielt, bekreuzigte sich David ungewollt, dann pustete er tief durch, stieg rasch aus und hämmerte einen Code in das Terminal der Eingangstür ein, die sofort zischend aufsprang. Das erste, was David auffiel, war der große Rucksack auf dem Sitz des Co-Piloten, den der eiförmige Roboter hinterlassen hatte. Rasch wuchtete er sich in den Pilotensitz, dann überprüfte er das Terminal und den Steuerknüppel auf Funktionstüchtigkeit und schaltete die Deckenlichter ein.

„MX-4, bitte kommen!"

„MX-4 heißt sie herzlich willkommen an Bord der ASC-2. Voraussichtliche Landung in weniger als 3 Minuten. Bitte anschnallen."

David zerrte eilig den Gurt fest, dann blickte er aus dem Fenster der Kapsel auf die silbrig-matte Wasseroberfläche eines endlos wirkenden Sees, auf dem sich zwei Planeten spiegelten - der eine war bläulich, der andere rötlich orange.

„Alle Umkehrschübe nominell zum Profil", gab MX-4 durch. „Entfernung zum nächstgelegenen Ufer circa drei Kilometer und zunehmend. Es wird empfohlen, die Kapsel spätestens bei einer Tiefe von 250 Metern auszuklinken und das Ufer manuell und unter Wasser anzusteuern..."

David schnaufte durch, er war sich unsicher wie hart eine Landung auf Wasser werden würde.

„Unter Wasser, wieso?"

„Bessere Steuerung, geringerer Treibstoffverbrauch. Aufgrund zahlreicher unkalkulierbarer Faktoren wird manuelle Steuerung empfohlen."

„Unkalkulierbare Faktoren? Wieso, was erwartet mich?"

„Reine Vorsichtsmaßnahme. Daten über Daphne XI sowie den See sind unvollständig. Landung in weniger als einer Minute, bitte festhalten."

Die Oberfläche des Sees raste auf David zu, während er sich wie ein Tennisball fühlte, der gleich auf eine überdimensionale Schlägeroberfläche treffen würde. Er zog den Gurt noch etwas straffer, dann krallte er sich in den Sitzlehnen fest, während die Protonenantriebe exzessiv laut von den sich nähernden Wassermengen zischend und gurgelnd widerhallten. Ein gewaltiger Ruck fuhr durch die gesamte Kapsel, Davids Kopf wurde heftig nach unten gerissen, federte dann genauso schnell wieder nach oben, während der donnernde Hall der verdrängten Wassermassen alles übertönte. Das Raumschiff versank alsbald im Wasser. David wollte etwas sagen, aber es hatte ihm kurzzeitig die Sprache verschlagen. Stattdessen fasste er sich in den Mund, hielt sich anschließend einen blutverschmierten Finger vor das Gesicht. Erst jetzt wurde ihm seine Situation voll und ganz bewusst, während der epochale Aufprall für kurze Zeit alles ins Irreale getaucht hatte.

3

„MX-4, bitte kommen. Erbitte Status", hustete David, der eine trockene Kehle hatte.

„Alle Landeparameter nominell zum Profil, inklusive der Tauchgeschwindigkeit. Flutung des Raumschiffes in voraussichtlich weniger als zehn Stunden."

David starrte aus dem Fenster, wie erwartet konnte man nachts in einem See jedoch nicht viel erkennen. Deshalb schaltete er zusätzliche Scheinwerfer ein, die zumindest den Blick auf anthrazitfarbene Schieferblöcke freigaben, die gleich einem chaotischen Monolithenfriedhof ein kolossales Unterwassergebirge bildeten. Hier und dort schimmerten gelb gesprenkelte Wasserpflanzen in den Schieferblöcken, ansonsten gab es keine Anzeichen von Leben.

„MX-4, wie sieht es mit einer Rückkehr zum Raumschiff aus? Was hält der Raumanzug aus?"

„Erwartete Tauchtiefe 625 Meter. Der Raumanzug mitsamt dem Jetpack würde dem Wasserdruck standhalten, die Notfallkapsel jedoch nicht. Ein harter und unkoordinierter Aufprall auf dem Grund des Sees könnte die Flutung des Raumschiffes beschleunigen. Ich kann auf Wunsch ein paar Protokolldrohnen programmieren, die Sie per Funk über den Zustand auf dem Laufenden halten."

David fasste sich nochmal in den Mund, während er auf merkwürdig schimmernde, amphibische Lebewesen starrte, die in einiger Entfernung zu erkennen waren.

„Ja, ich bitte darum..."

„Tauchtiefe 150 Meter und fallend. Ein sofortiges Ausklinken wird dringend empfohlen."

David beugte sich über das Steuerpult, legte rasch einen Hebel um und drückte ein paar aufleuchtende Knöpfe.

„Manuelles Ausklinken erfolgreich. Bitte um sofortige Entkopplung der ASC-2 von der Gaeta 9."

„Bestätigt."

David fuhr es durch den Kopf, dass er die ausgedruckte Liste mit den Crewmitgliedern hatte liegenlassen und verfluchte sich dafür. Unterdessen dröhnte und zischte es, während die Notfallkapsel vom Rest des Raumschiffes entkoppelt wurde, und ein kurzer Ruck ging durch das Cockpit. David riss den Steuerknüppel an sich, atmete erleichtert auf, als die Kapsel sich nach kurzer Wartezeit einwandfrei manövrieren ließ.

„Empfehle sofortigen Aufstieg auf 50 Meter unterhalb der Seeoberfläche."

David schob einen schweren Hebel nach vorne, während es um ihn herum zischte. Ihm war unterdessen alles andere als wohl dabei, ein für Raumfahrtzwecke vorgesehenes Gefährt unter Wasser einzusetzen. Zu hundert Prozent wasserdicht hatte der Bordcomputer gesagt, aber das wurde von manchen Handys und Uhren auch fälschlicherweise behauptet, überlegte er.

„Check. Folge dem Sonar, halte Kurs auf Nordnordwest", teilte er dem Bordcomputer mit.

„Bestätigt. Voraussichtliche Ankunft in weniger als einer Stunde."

„Eine Stunde? Wie sieht es bei erhöhter Geschwindigkeit mit dem Treibstoffverbrauch aus?"

„Inakzeptable Verluste, insbesondere bei Erreichen der Maximalgeschwindigkeit."

David manövrierte die Kapsel an dem unterseeischen Schiefergebirge vorbei, während die Umrisse seines Gefährtes schemenhaft auf dessen Oberfläche reflektiert wurden. „Eine Stunde?", fragte er sich. Unterdessen lehnte er sich genervt auf dem Pilotensitz zurück und dachte daran, dass er sich unter Umständen niemals vollständig an sein Zuhause würde erinnern können. Seine Vergangenheit glich einer überdimensionale Krake, die ihn jederzeit in die Tiefe reißen konnte, die Zukunft lag mehr als ungewiss vor ihm. Jetzt gab es nur noch das Hier und Jetzt, hatte NX-2 festgestellt, eine Aussage, der David beipflichtete. Er ließ den Steuerknüppel einrasten, beugte sich dann eilig über den großen Rucksack neben sich und kramte darin herum. Zum Vorschein kamen eine warme Jacke, in Plastikfolie eingeschweißtes, komprimiertes Essen, eine tragbare Computereinheit, in Celluphanfolie eingewickelte Geldbündel, sowie diverse Überlebenstools wie eine Spähdrohne, eine Infrarotbrille, ein Leuchtstab, und vieles mehr. David behielt das Cockpitfenster im Auge, während er die Gegenstände untersuchte, da dem Bordcomputer jede Menge aktueller Informationen über diese See fehlten. Unterdessen hatte das monotone Piepen des Sonars einen beruhigenden Effekt auf ihn. Auf dem Grund des Rucksackes erblickte David schließlich einen unmerklich schimmernden, elektronischen Schlüssel, den er erstaunt begutachtete. Er griff den Schlüssel und hielt ihn vor eine Kamera im Cockpit.

„MX-4, wofür ist dieser Schlüssel?"

„Für das LMRS-Hoverbike hinter ihnen."

David drehte sich unwillkürlich um, eine Wand innerhalb der Kapsel fuhr nach oben und gab den Blick auf ein hochgestelltes Hooverbike frei. „Jackpot!", dachte er sich, er hatte sich schon viele Meilen laufen sehen.

„Seit wann sind die ASC-2s mit sowas ausgestattet?"

„Es gab vor ein paar Monaten eine Revision unter Einbezug sämtlicher bekannter Notfalllandungen", antwortete der MX-4. „Die Hoverbikes sind aber nicht wassertauglich. Ich empfehle deshalb das Ufer mit erhöhter Geschwindigkeit anzusteuern und die Kapsel auf einem flachen Gelände ausrollen zu lassen."

David nickte, während er sich innerlich auf das nächste schwierige Manöver vorbereitete.

„Erbitte Kalkulation der optimalen Anlegestelle."

„Scan erfolgreich. Kursänderung um 3 Grad erforderlich."

David begab sich wieder an den Steuerknüppel, während die Wand vor dem Hooverbike sich hinter ihm wieder surrend schloss. Dann rastete er den Steuerknüppel ein und starrte nach draußen, während violette, floueszierend leuchtende, pilzförmige Pflanzen seinen Blick einfingen. Irgendetwas tief in Davids Inneren regte sich, er wusste, dass etwas ganz und gar nicht stimmte. Da war das eine Ich, dass er schon immer gekannt hatte, kühl, nüchtern, zurückgenommen, fast schon gleichgültig, aber der andere Teil in ihm sehnte sich nach einer Stimme, die nicht aus den Lautsprechern eines Bordcomputers erklang, obwohl er sich sicher war, dass ihn schon die erste zwischenmenschliche Begegnung wahrscheinlich vollkommen überfordern würde. Wie sollte er sich vernünftig unterhalten, wenn er noch nicht mal wusste, woher er kam, was er die letzten Jahre getan hatte? David war drauf und dran, MX-4 zu fragen, biss sich dann doch auf die Zunge. Wenn seine Erinnerungen es nicht hergaben, würde die reine Info eines Computers ihm sicher mehr schaden als nützen. David Betoma hieß er also, der Name schien ihm so austauschbar wie alles andere auch.

Die hallende Stimme von MX4 ertönte durch den Deckenlautsprecher und riss ihn aus seinen Überlegungen: „Überprüfung durch die Protokolldroiden abgeschlossen. Zustand von Gaeta 9 stabil, Tauchtiefe 611 Meter. Voraussichtliche Flutung in weniger als sieben Stunden."

„Haben die Droiden Zugriff auf NX-2?"

„Negativ. Der Bordcomputer hat sich aus nicht näher ersichtlichen Gründen abgeschaltet. Nur noch Notfallsysteme sind in Betrieb."

„Verdammt!"

Der Uferabhang rückte unterdessen in Sichtweite. Hohe, tentakelförmige Bäume hoben sich gleich riesigen Spinnen unheilvoll vor rötlich schimmernden, nebelverhangenen Bergen ab.

„Voraussichtliche Ankunft in weniger als zwei Minuten. Autokorrektur um 0,2 Grad eingeleitet. Abrollmanöver vorbereitet, Scheinwerfer werden eingefahren."

David zurrte den Rucksack auf dem Co-Pilotensitz fest. Er blickte sich um, um nach Gegenständen Ausschau zu halten, die umhergeschleudert werden könnten, fand aber nichts.

„Erhöhe Geschwindkeit auf 79 PX/h. Relativ ebenes Gelände, es könnte dennoch holprig werden."

„Check. Muss ich sonst noch etwas wissen?"

„Alle Systeme an Bord der ASC-2 schalten sich aus energietechnischen Gründen zwei Stunden nach Verlassen der Kapsel ab und können nur durch Ihre mobile Computereinheit reaktiviert werden. Das gleiche gilt für die automatische Verrieglung der Eingangstür und die Funkortung der Kapsel."

David riss im letzten Moment vor dem Uferabhang den Steuerknüppel nach oben, um den Schwung des unter Wasser viel stärkeren Motorantriebs mitzunehmen, dann wurde er durch den Aufprall kurz durchgeschüttelt, ehe alles um ihn herum sich kreuz und quer um ihn drehte wie ein verrückt gewordenes Karussel. Die Kapsel rollte einen Abhang hinauf, hopste anschließend über dessen Hügel. Dabei überschlug sie sich unzählige Male, während sie mal mehr, mal weniger holpernd in Richtung der tentakelförmigen Bäume ausrollte. David wusste schon lange nicht mehr, wo unten und oben war, auch nicht nachdem die Kapsel endlich zum Stillstand gekommen war.

„Landung erfolgreich, alle Systeme intakt", ertönte es unter David, während er schräg kopfüber in den Seilen hing.

„Bringe die Kapsel in eine aufrechte Position, Zündung der Triebwerke in fünf Sekunden", vermeldete MX-4.

„Check", keuchte David, während er sich zu orientieren versuchte.

Das Zischen der Triebwerke ertönte überdimensional laut, während kleine Steinchen gegen die Außenwand der Kapsel polterten und rasselten. Nach der ohrenbetäubende Stille des Weltraumes und dem einlullenden Glucksen unter Wasser, kamen David die Geräusche irreal laut vor, wenngleich sie angenehme Erinnerungen weckten. Der Lärm verebbte, während ein an der Kapselwand entlangpfeifender Wind in den Vordergrund rückte. Schließlich ließ auch der Wind nach, übrig blieb nur das eintönig piepende Sonar, das David kurzerhand abschaltete. Ein kurzer Moment des Friedens und der Ruhe durchströmte seinen Körper, während er durch das Fenster auf die gespenstische Szenerie vor ihm blickte. David schnallte sich schließlich aus und erhob sich. Schon spürte sein Körper die Erdschwere, die sich völlig anders als die simulierte Schwerkraft an Bord des Raumschiffes anfühlte. David entledigte sich mit dem Helm beginnend seines Raumfahrtanzuges, schulterte dann den Rucksack:

„Erbitte Bestätigung der nur auf theoretischen Grundlagen basierenden Atmosphärewerte von Daphne XI."

„Sensoren ausgefahren. Werte größtenteils identisch mit der vorliegenden Datenbank. Keine Anzeichen für biologische Gefahr. Wünschen Sie eine detaillierte Analyse?"

„Unnötig. Erbitte Öffnung des Ausgangs sowie Zugriff auf das Hooverbike."

„Bestätigt."

Die Ausgangstür wurde langsam elektronisch entriegelt, während die Abdeckung des Hooverbikes leise piepend zur Seite fuhr. Als die Tür sich öffnete, begannen Davids Ohren zu summen, weshalb er sich an die Nase fasste und die Luft aus seinen Ohren blies. Merkwürdige, leise tuckernde Geräusche hallten durch den Dschungel vor ihm, während der herbe Geruch der von ihm ausging, ihn unangenehm berührte. David stieg die paar Stufen der geöffneten Lukentür herunter, dann berührte er nach unzähliger Zeit an Bord künstlicher Beförderungsmittel endlich wieder Land. Schon ließ er sich auf den Boden fallen und strich gedankenverloren über den gold-kristallinen Sand, zog schließlich seine Knie an die Brust. Hier war er nun am Ende der Welt und dennoch war alles wie immer, fast schon zu vertraut. Die Temperatur und Stimmung war irgendwie herbstlich, sofern es solche Jahreszeiten auf diesem Planeten überhaupt gab. Das leise Heulen eines nicht näher identifizierbaren Tieres fuhr ihm durch Mark und Bein, führte ihm seine eigene verletzliche Lage schmerzlich vor Augen. Nach einem kurzen Moment der Einsamkeit, nahm er seinen Rucksack ab, stellte ihn vor sich, entnahm ihm die warme Jacke, zog sie sich über und erhob sich schließlich. Anschließend fingerte er aus seiner Hemdtasche ein Headset und stülpte sich den Kopfhörer in sein Ohr.

„MX-4? Kannst du mich hören?"

Nach einer kurzen Verzögerung meldete sich die Stimme des Bordcomputers in seinem rechten Ohr:

„Laut und deutlich."

David schulterte den Rucksack und atmete tief durch, während er sich aufmerksam nach allen Seiten hin umsah.

„Erbitte Umgebungsanalyse."

Die Messwerte der biometrischen Sensoren ergeben: Lebewesen in Form von Pflanzen und Tieren im Umkreis von zwanzig Kilometern, aber keine Menschen. Die nächste Stadt ist 520 Kilometer entfernt.

David wendete sich wieder der Kapsel zu und marschierte auf sie zu.

„Die Hybridladung sowie der Akku reichen abhängig von der Geschwindigkeit mehrere hundert Kilometer...", vernahm er dabei über das Headset.

Als David die Kapsel betrat, wechselte die Stimme des Bordcomputers wieder auf die Deckenlautsprecher.

„...es wird eine Höchstgeschwindigkeit von 470 PX/h empfohlen, um Leistung zu sparen."

Rasch wurde ein Jetpack aus einer Seitenhalterung ausgeklinkt und in den dafür vorgesehenen Schacht am Hoverbike geschoben. Anschließend steckte David den elektronischen Schlüssel in das Armaturenbrett des Bikes und betätigte einen Knopf, um es zu anzulassen. Der Hybridmotor sprang tuckernd an, während ein konstantes magnetisch-elektronisches Summen einsetzte und violettes Licht auf der Unterseite des Bikes aufleuchtete. David stellte sich seitlich neben das Bike, während er die Griffe am Lenker packte.

„Entriegeln!"

„Bestätigt."

Das Hoverbike schwebte rückwärts aus seiner Halterung, während David einige Mühe hatte, es gerade zu halten. Schließlich brachte er es vor der Ausgangstür in Position, schwang sich auf den Sattel, ergriff dessen seitlich herumbaumelnden Helm, setzte ihn auf und fuhr langsam aus der Kapsel.

4

Wieviele Stunden David schon unterwegs war, wusste er nicht mehr, aber nachdem er den Wald und einige Gebirgsformationen hinter sich gelassen hatte, war er mittlerweile wenistens auf einer ebenen Straße unterwegs. „Weitflächig gestreute Städte", hatte NX-2s Analyse gelautet, das empfand er als mehr als untertrieben. Immer noch kam er sich wie der letzte Mensch auf dem Planeten vor, wenngleich hier und dort ein Schild, eine Baumaschine oder eine leuchtende Werbetafel auf so etwas wie Zivilisation hinwies. Schließlich nahm Davids Konzentration rapide ab, während Hunger, Müdigkeit und Kälte ihn zwangen, das Bike am Eingang eines Waldes zu parken. Dort schritt er auf einen Baum zu, rutschte mit dem Rücken dessen Stamm hinab und kramte aus seinem Rucksack einen kleinen, elektronischen Kochtopf und legte einen Essenswürfel hinein. Der einsame Ruf eines Vogels durchbrach das hypnotische Pfeifen des nur gelegentlich durch die Baumkrone streifenden Windes, ansonsten legte sich bleischwere Stille über die fremde Szenerie. Sicher war er schon auf vielen Planeten gewesen und hatte sich nur zu Hause wirklich wohl gefühlt, aber die Tatsache, dass er diesen hier nur vom Hörensagen kannte, machte alles nur noch unheimlicher. Kaum hatte er diesen alltäglichen Gedanken zu Ende gesponnen, kippte auch schon sein Kopf nach unten, während seine Lider zuklappten. Merkwürdig verfremdeter Lärm wirbelte um ihn herum, Stimmen, Gelächter, Erinnerungen, manche peinigend, andere einladend. Es war, als würde er durch Raum und Zeit teleportiert, nur um am Ende an etwas Halt zu finden, dass sich fest und steinig anfühlte.

Als er wieder aufwachte, fand er sich auf der Pritsche eines Gefängnisbettes wieder. David schnellte auf und blickte sich ungläubig in der Gefängniszelle um. Orte wie diesen kannte er nur aus Filmen oder Romanen. Vorsichtig betastete er die kühlen Wände der Zelle und umfasste die elektromagnetischen Strahlen der Gefängnistür, die sich genauso hart wie der sie umgebende Beton anfühlten. Wie um alles in der Welt war er hierhergekommen? David ließ sich bestürzt auf die Pritsche fallen und stützte den Kopf verzweifelt auf seine Knie, während in der Ferne nur das tropfende Glucksen eines Wasserhahnes auszumachen war. Unter jeglichen anderen Umständen hätte er laut nach einem Wärter geschrien, aber das Bett mitsamt der Decke waren einfach zu verlockend, als daß er auch nur ansatzweise widerstehen konnte. Schließlich fügte er sich in sein Schicksal, drehte sich auf die Hüfte und rollte sich in die Decke ein. Kurze Erinnerungen an Hände, die ihn über den Waldboden gezerrt hatten, das Bellen eines Polizeihundes sowie Motorenlärm verliehen ihm kurzzeitig tröstliche Gewissheit, dass er nicht vollkommen verrückt geworden war.

„Z-5, Aufstehen!"

David schreckte hoch, als das Gesicht eines entnervten Gefängniswärters über seinem Kopf erschien. Der Wärter drehte sich zu seinem Kollegen um.

„Nicht mehr viel und ich hätte ihn erneut gepackt..."

Der Kollege lachte schallend, während David sich hustend aufrichtete, dann mit der Hand über sein Gesicht fuhr.

„Du hast Besuch, hohen Besuch sogar. Der Polizeipräsident von Sektor Zehn hat einen weiten Weg auf sich genommen, um dich zu sehen."

„Wieso haben Sie mich eingesperrt? Was wird mir vorgeworfen?", fragte David erregt.

„Das wird dir unser Präsident gleich erklären. Na los, oder willst du dein ganzes Leben verpennen?"

David dehnte und streckte sich, dann schritt er dem Wärter hinterher und folgte ihm einen langen Gang entlang. Hier und dort starrten ihn finster dreinblickende Gesichter aus anderen Zellen an, während einhellig bedrücktes Schweigen herrschte. David betrat zusammen mit dem Wärter einen Lift. Er blickte benommen zu Boden, während der Lift nach oben fuhr und der Wärter mit seinen elektronischen Schlüsseln spielte. Eine halbe Ewigkeit später, wie es ihm schien, kam der Lift endlich an. Die Lifttür schwang auf und gab den Blick auf einen großen, hellen, mit glänzendem Marmorboden ausgelegten und durch Magnetgittern abgegrenzten Raum frei, in dessen Mitte ein langer Ahorntisch stand. Ein neben dem Tisch stehender Wärter wies ihm nickend einen Platz zu, während der andere Aufpasser wieder verschwand.

„Machs dir gemütlich, der Chef kommt gleich."

„Entschuldigung, hast du vielleicht eine Zigarette?

Der Wärter starrte ihn zunächst ungläubig, dann lächelnd an.

„Ja."

„Kann ich eine haben?"

„Rauchen ist hier strengstens untersagt. Schnorr dir gefälligst eine von deinen Kollegen da unten."

David fasste an seine Brusttasche, woraufhin er schockiert feststellen musste, daß ihm alle seine Gegenstände genommen worden waren.

„Und wogegen soll ich bitteschön tauschen? Ihr habt mir alles abgenommen!"

Der Wärter starrte zur Seite.

„Das ist nicht mein Problem", entgegnete er nonchalant. „Füll Formular CFBS, Absatz 2 aus, dann siehst vielleicht etwas davon wieder", fügte er nach kurzem Schweigen an.

Davids Aufmerksamkeit wurde auf einen bulligen Mann mit Anzug und Igelhaarschnitt gelenkt, der von einem hageren, hochgewachsenen Mann mit Hornbrille und einem Laptop unter dem Arm begleitet wurde. Ein Wärter legte einen elektronischen Schlüssel um, woraufhin die magnetischen Gitterstäbe in den Boden fuhren, nur um kurz darauf hinter den beiden Neuankömmlingen surrend wieder hochzufahren. Der untersetzte Mann nickte dem Wächter zu, der daraufhin verschwand. Er und sein Adjutant nahmen David gegenüber auf Stühlen Platz. Eisiges Schweigen machte sich im Raum breit, während die beiden David unverhohlen musterten. Schließlich nickte der bullige Mann seinem Kollegen zu, der einen Scanner aus seiner Jackentasche holte und neben den aufgeklappten Laptop legte.

„Kommen wir zur Sache. Sie wissen, warum wir Sie inhaftiert haben?"

David ließ sich in dem Stuhl zurückfallen, atmete tief durch.

„Nein, und es interessiert mich ehrlich gesagt auch kein bisschen", zischte er durch durch zusammengepresste Zähne. „Was mich viel mehr interessiert ist Ihr Name. Auf Sie kommen Anwaltskosten in beträchtlicher Höhe zu."

„Mein Name ist Besetras, Polizeipräsident von Sektor Zehn, mein Kollege heißt Davenport, ist Experte für Terrorismus und Leiter der hiesigen Personaldatenbank. Und wer sind Sie?

„Warum scannen Sie mich nicht einfach mit dem Ding da? Dann wissen Sies."

„Das haben wir gestern schon getan. Über Sie ist nichts verzeichnet. Sie müssen demnach zu einer Terroristengruppierung oder zu den 0,01 Prozent gehören, die statistisch nicht erfasst wurden. Nachts in einem Wald mit einem Headset im Ohr und einem geparkten Hooverbike zu campen. Für wie dumm halten Sie mich?"

David spielte nervös mit der Hand an dem Knopf seines Gefängnishemdes herum, während sein Gegenüber ihn fixierte.

„Das Headset in meinem Ohr war für die Kommunikation mit der Notfallkapsel gedacht. Ich bin nur zufällig auf Daphne XI gelandet..."

Besetras und Davenport blickten einander kurz ungläubig an, lachten dann beide schallend.

„Zufällig...gelandet. Der war gut. Wir sind alle nur hier zufällig gelandet, wenn Sie das meinen.

David starrte getroffen zur Seite, versuchte die passenden Worte zu finden.

„Wieso benutzen Sie nicht einfach das Headset? Der Bordcomputer meiner Rettungskapsel wird Sie schon aufklären."

Besetras beugte sich über den Tisch, während er sein Gegenüber mit schnellen, unsteten Blicken musterte.

„Das haben wir schon. Es antwortet niemand", entgegnete er David, während er die Silben in die Länge zog.

Besetras lehnte sich zurück, verschränkte die Arme hinter dem Kopf, und nickte Davenport zu, der sich David zuwendete:

„Sehen Sie, geben Sie uns irgendetwas, womit wir etwas anfangen können. Irgendetwas auf das das kleine Maschinchen hier anspringt, der Scanner daneben tut es nämlich nicht.

„David Betoma, geboren 21.7.3052. Wo kann ich Ihnen allerdings nicht sagen..."

Davenport tippte gleichgültig die Daten in den Computer, sah dann kopfschüttelnd zu seinem Kollegen.

„Na, schätzungsweise in einem Krankenhaus zwischen den Beinen Ihrer Mutter", fuhr Besetras David an. „Hören Sie, ich habe es aufgegeben mich in die kranken Hirnwindungen von Verbrechern hineinzudenken. Vielleicht sind Sie ja in einem Storchennest auf einem Baumwipfel gelandet, all das geht mich rein gar nichts an..."

„Lassen Sie mich doch erst mal ausreden. Ich bin letzter Überlebender der Gaeta 9, eines Raumschiffes, dass sich auf dem Grund eines großen Sees, einige Kilometer von hier befindet."

„Raumschiff?... Großer See...? Na gut, Sie wissen was ich nun sagen muss?"

„Halt, wart kurz!", griff Davenport ein. „Über Raumschiffe der Gaeta-Reihe ist etwas verzeichnet, aber nicht in unserem Planetensystem."

„Ja, und? Bemannte Warpsprünge sollen frühestens in 50 Jahren möglich sein..."

„Geheimdiensten zufolge sind sie schon seit längerem möglich", fiel Davenport Besetras ins Wort.

David rang um Fassung, versuchte das bisschen, was von seiner Fassung übriggeblieben war, in geordnete Bahnen zu lenken.

„Hören Sie, für mich ist es genauso surreal hier inhaftiert zu sein, wie für Sie, mich in keinem Ihrer Systeme zu finden. Geben Sie mir einfach meine mobile Computereinheit und ich habe Gaeta 9 in kürzester Zeit geortet."

„Die ist bei unseren Informatikern in Sektor Zehn. Die versuchen sich immer noch in das Teil zu hacken."

„Der Code ist Alpha 10, Centauri 9. Das zweite Passwort ist 112458."

Davenport tippte rasch die Passwörter in sein Notebook, während sich Besetras mit dem Ellenbogen auf dem Tisch aufstützte.

„Na los, worauf warten Sie noch? Rufen Sie sie an!"

„Wissen Sie, wie spät es ist? Sie haben dreiundzwanzig Stunden geschlafen. Der Wärter wollte Ihnen schon eine Ladung kaltes Wasser verpassen, aber unser Arzt hat ihn zurückgehalten. Er meinte, Sie wären in einem desolaten, körperlichen Zustand."

David starrte benommen auf den Boden.

„Nach mehreren Monaten Raumfahrt bestimmt", murmelte er abwesend.

„Sie sind also Raumfahrer. Erzählen Sie von sich. Jemand, wie Sie muss doch viel gesehen und erlebt haben..."

„Ich kann mich leider an nichts erinnern. Das Raumschiff ist in ein schwarzes Loch geflogen, die Crew ist verschwunden."

„Ein schwarzes Loch hat Ihre Kollegen absorbiert? Ok, geben Sie mir einen Grund, einen verdammten Grund, warum ich Ihnen weiterhin zuhören sollte!"

„Sie wissen was ein schwarzes Loch ist? Bestimmt nicht das schwarze Dreieck zwischen den Beinen Ihrer Freundin..."

Davenport kicherte los, während Besetras sein Gegenüber ungläubig anstarrte.

„Also, was ist ein schwarzes Loch?", fragte Besetras David gereizt. „Davenport?", wendete er sich schließlich an seinen Kollegen, als David entnervt mit den Schultern zuckte.

Davenport verschränkte die Arme hinter dem Kopf, starrte an die Decke, bevor er antwortete:

„Eine Störung im Raum-Zeit-Kontinuum, eine Anomalie im interplanetaren Gefüge. Einfach ausgedrückt: ein Punkt, der mit einem anderen ganz woanders verbunden ist", sinnierte Davenport. „Die wildesten Geschichten kursieren seit jeher in der Raumfahrt darüber, viele Astronauten die in so ein Loch geflogen sind, sind einfach verschwunden. Manche kamen gealtert oder verjüngt bei ihrem Ziel an. Andere sind einfach gestorben oder in der Klapsmühle gelandet..."

„Ein Ort, der mit einem anderen ganz woanders verbunden ist, das ist der springende Punkt", unterbrach David den Vortrag seines Gegenübers.

„Ich kann Ihnen nicht mehr sagen, als dass ich in der Umlaufbahn von Daphne XI wieder zu mir gekommen bin. Selbst der Bordcomputer hat keine logische Herleitung zustandebringen können."

„Sie haben also alleine ein Raumschiff im Cemetersee notgelandet aber wissen noch nicht mal, von welchem Planeten Sie stammen. Das soll ich Ihnen abkaufen?"

„Manch einer kennt den Hashcode seines Browsers auswendig", versuchte Davenport vermittelnd einzugreifen, „und erkennt auf der Straße seinen Nachbarn nicht wieder. Darum geht es hier doch nicht."

„Sondern?", fragte Besetras ungehalten.

„Ob dieser Mann die Wahrheit sagt oder nicht, steht hier nicht mehr zur Debatte. Fakt ist, dass wir uns hier solange im Kreis drehen, bis wir das Raumschiff gefunden und die Daten des Bordcomputers ausgewertet haben."

„Also?"

Davenport erhob sich und klappte den Laptop zusammen.

„Also, geben wir die Daten in den Computer ein und orten die Rettungskapsel."

„Hey, was passiert mit mir in der Zwischenzeit?", fuhr David auf.

„Sie werden als nächstes im Gefängniskrankenhaus komplett durchgecheckt. Nur zu Ihrem Besten. Wir sehen uns bald wieder."

„Ist das eine Drohung oder ein Versprechen?"

„Wahrscheinlich beides."

Besetras nickte seinem Kollegen zu, der ihm eilig zum Ausgang folgte.

Vereinzeltes leises Husten, Rattern von Druckern oder Rascheln von Papier, ansonsten hatte sich rätselhafte Stille über den Flur des Gefängniskrankenhauses gelegt, in dem sich die Wartezeit für David unendlich ausdehnte. Er erhob sich von dem grauen Kunststoffsitz und starrte vom dritten Stock auf den von Flutlichtern nur notdürftig erhellten Gefängnishof, in dem ein Wärter mit einem Hund seine Runden zog. Plötzlich knarrte eine Tür hinter ihm und ein Mann mit einem weißen Vollbart und einem schwarzen Kittel lugte aus einer Tür hinter ihm.

„Herr Betoma?"

David drehte sich überrascht um und musterte den Arzt.

„Ja."

Ein süffisantes Lächeln umspielte die Mundwinkel von Davids Gegenüber, der eine einladende Geste machte.

„Mein Name ist Trebel. Treten Sie ein."

David folgte dem Doktor durch ein paar Zwischenräume in einen großen Raum voller medzinischer Apparaturen, in dessen Mitte eine Zentrifuge mit einer weißen Hartschaumliege stand.

„Legen Sie sich hin und schließen Sie die Augen. Ich sage Ihnen Bescheid, wenn Sie sie wieder öffnen können."

David schlich angespannt zur Liege und streckte sich langsam auf ihr aus, während unheilschwangere Vorahnungen ihn heimsuchten. Anschließend schloss er die Augen und begann, sich auf die vielen unterschiedlichen Piep- und Surrgeräusche um ihn herum zu konzentrieren.

„Ich werde nun einige kleine medizinische Drohnen zu Ihrem Körper senden. Bitte nicht bewegen."

David nahm die merkwürdigsten Geräusche um sich herum wahr, die nur allzu gemütliche Liege, in der er förmlich versank, entspannte ihn jedoch. Es schienen nur ein paar Sekunden vergangen zu sein, bis Doktor Trebel ihm auf die Schulter klopfte.

„Sie können die Augen jetzt wieder öffnen. Alle Scans im grünen Bereich. Von etwas Schlafdefizit und leichter Unterernährung einmal abgesehen, sind Sie vollkommen in Ordnung."

David richtete sich auf der Liege auf und starrte einer kleinen, mit unzähligen Kameras ausgestatteten Sonde hinterher, die in die für sie vorgesehene Halterung schwebte. Der Arzt lehnte indes an einem in der Wand eingelassenen Tisch und kratzte sich den Bart.

„Rein physisch gesehen fehlt Ihnen nichts. Wie es jedoch psychisch aussieht, vermag ich nicht zu beurteilen. Mir wurde kolportiert, dass Sie unter Gedächtnisverlust leiden. Möchten Sie dahingehend von unserer psychiatrischen Institutsambulanz untersucht werden?

„Nicht wirklich, nein. Außer es gibt mittlerweile Tabletten gegen Amnesie.“

Trebel schüttelte verneinend den Kopf.

„Nun, wir haben Medikamente, um alle möglichen Rezeptoren anzusprechen, aber akute Amnesie liegt leider immer noch außerhalb unseres Behandlungsspielraumes. Dennoch könnten wir Sie mit jeder Menge Ratschlägen und Tipps versorgen, wenn Sie das wünschen.“

„Nein, danke, Doktor. Alles, was ich brauche, ist ein bisschen Schlaf.“

David wandte sich zum Gehen, drehte sich dann nochmal um.

„Sie haben nicht zufällig eine Zigarette, oder?“

„Leider nein. Warten Sie kurz. Der Doktor erhob die Stimme: Schwester Celina?“

Eine Frauenstimme erklang aus einem nebenanliegenden Zimmer.

„Ja?“

„Unser Raumfahrer hier bräuchte eine Zigarette.“

Die Schwester starrte David misstrauisch von dem Türrahmen aus an, in dem sie stand. David hielt unangenehm berührt ihrem musternden Blick stand. Schließlich griff sie unvermittelt in eine Tasche ihres Kittels und fingerte eine zerknüllte, lila-weiße Zigarettenpackung mit der Aufschrift ‚Icon‘ heraus und hielt sie David gelangweilt hin.

„Bitte aus dem Fenster raus rauchen, sonst geht der Alarm los“, brummelte Trebel, der in einer Reihe von Dokumenten kramte.

David griff sich eine Zigarette aus der Schachtel, bedankte sich mit einem nonchalanten Lächeln, verließ dann den Behandlungsraum und steuerte durch die Zwischenräume auf den Flur. Als hinter ihm die Tür einrastete, fiel ihm auf, dass er kein Feuerzeug besaß. Schließlich steckte er die Zigarette achselzuckend ein und sah sich im Flur um, war sich jedoch nicht mehr sicher, welchen Weg er gekommen war. Dann erkannte er von Weitem den Wärter wieder, der ihn hierher geleitet hatte. Der Wärter starrte sitzend an einen Plastikbaum gelehnt durch ein Dachfenster den Nachthimmel an. Als David auf ihn zuschritt, erhob sich der Wächter und steckte genervt einen elektronischen Schlüssel in die Wand, woraufhin die magnetische Absperrung zwischen den beiden herunterfuhr.

David folgte dem gähnenden Wächter einen endlos wirkenden, karg beleuchteten Gang entlang, beide stiegen schließlich in einen Lift, der schräg horizontal den Gebäudekomplex mit den Zellen ansteuerte.

„Du hast nicht zufällig Feuer, oder?"

„Bedaure, Nichtraucher."

Der Wärter stellte sich gelangweilt vor ein im Lift eingelassenes Kamerapult.

„Überführung von Gefangenen Z-5 in Zellentrakt C-012."

Der Wärter begab sich wieder in die Liftmitte, während David durch die im Boden eingelassene Plexiglasscheibe den gigantischen Komplex zwischen den beiden großen Gebäuden musterte. Kleine, rot blinkende Überwachungsdrohnen schwebten überall durch die Anlage, hier und dort war im Nebel eine Selbstschussanlage auszumachen. Die Stimme des Wärters riss David aus seinen düsteren Gedanken.

„Vielleicht kann dir Jacques weiterhelfen. Drück in deiner Zelle Knopf C und verlang nach der Aufbewahrungsstelle."

In dem Moment als David nickte, kam der Lift mit einem kurzen Rucken zum Stillstand, gefolgt von einem zischenden Entkopplungsgeräusch. Die Lifttür schwang auf, ein stämmiger Aufpasser mit einem Hund übernahm David, während der Wärter, der ihn begleitet hatte, sich in die Gegenrichtung verabschiedete.

„Entschuldige, hast du Feuer?"

„Ja."

„Kannst dus mir leihen?"

Der Wärter hielt während des Gehens inne, schien mit sich zu ringen. Schließlich gab etwas in ihm nach und er kramte in seiner Hemdtasche und überreichte David seinen E-Lighter. Dann wies er David mit einer abschätzigen Schulterbewegung an, ihm zu folgen. Sie liefen in Richtung eines magnetischen Schleusenkomplexes und blieben davor stehen.

„Einheit PS 032. Code Vortex 11 grün."

David und der Wärter passierten den Schleusenkomplex und gelangten in einen düster beleuchteten Innenhof, in dem ein paar Metallbänke um eine in Zement eingefasste Insel mit künstlichen Bäumen angeordnet war. Davids Bewacher fingerte in seiner Hemdtasche herum und holte eine Zigarettenpackung hervor. David beeilte sich, dem bulligen Wärter mit dem Anzünden seiner Zigarette zuvorzukommen, der seinen Blick von ihm abwendete. Als er schließlich die Zigarette anzündete, die er von der Schwester bekommen hatte, hatte er für einen kurzen Augenblick das Gefühl, durch Raum und Zeit zu gleiten.

„Also, du bist der, über den nichts verzeichnet ist, oder?", durchbrach die tiefe, brummige Stimme des Polizisten die geisterhafte Stille.

„Wenn man so will, ja. Der Bordcomputer meines Raumschiffes könnte allerdings einiges über mich ausspucken."

„So, so..."

Eine kleine, kugelförmige Überwachungsdrohne mit blinkendem, rotem Licht in der Mitte schwebte an den beiden vorbei. David zog weiter an der Zigarette, während er vor Kälte zitterte. Elektronisch verzerrte Sprachfetzen erklangen aus dem am Gürtel des Wärters baumelnden Funkgerät.

„Und wo befindet sich dieses Raumschiff?"

„Auf dem Grund eines Sees in sechshundert bis siebenhundert Meter Tiefe."

David wurde mit einem ironischen Grinsen angestarrt.

„Ich hab hier schon viele kommen und gehen gesehen. Aber du gehörst hier eindeutig nicht hin. Besetras wird das auch noch einsehen."

Schließlich wurde David wieder durch den Schleusenkomplex und anschließend durch den labyrinthhaft verschachtelten Zellentrakt wieder in seine Zelle geführt. David, der sich mittlerweile damit abgefunden hatte, eingesperrt zu sein, hockte sich auf seine Pritsche und starrte kurz die nackte Wand an. Merkwürdige Erinnerungen tauchten schleierhaft auf, Geschehnisse von denen er sich nicht sicher war, ob sie sich wirklich ereignet hatten oder nur bloße Einbildung waren. Erschöpft legte David sich auf die Pritsche und ließ die Ereignisse der letzten Zeit Revue passieren. Er war sicher, dass ihm etwas Entscheidendes entgangen war, aber er wusste einfach nicht was. Schließlich gab etwas in ihm auf oder nach und er überließ sich ganz und gar der anheimelnden Bettstatt und dem sie umgebenden tiefen, pechschwarzen Nichts.

Irgendetwas polterte gegen die Wand, katapultierte David aus den Untiefen seiner Fantasien und beförderte ihn unsanft an die Oberfläche.

„Gefangener Z-5! Daphne XI an Z-5, bitte kommen!"

David nahm wie durch einen Schleier die Umrisse zweier Wärter blinzelnd wahr, von denen einer versuchte, ein Grinsen zu unterdrücken. Wenig später sah er sich im Verhörraum wieder Besetras gegenüber, der ihn aufmerksam musterte.

„Setzen Sie sich, machen Sie es sich bequem."

David hockte sich auf einen Stuhl Besetras gegenüber. Er rückte ihn quietschend näher an den Tisch, während er wegen der grellen Deckenbeleuchtung die Augen zukniff.

Schließlich fokussierte David seinen Blick auf sein Gegenüber, der ihn erwartungsvoll anblickte.

„Also, ich sage Ihnen, was wir haben. Wir haben die Notfallsonde, wir haben das Raumschiff."

David atmete erleichtert auf.

„Was wir nicht haben, ist der Bordcomputer mit den Daten über die Crew. Wir sitzen jetzt rechtlich gesehen zwischen den Stühlen. Ich sage Ihnen, was ich tun werde: Ich werde Sie freilassen, aber unter der Auflage, dass Sie sich bei einem Verlassen von Sektor Zehn bei mir oder Davenport zu melden haben. Davenport leitet gerade ein Team, das die Bergung des Raumschiffes und die Reparatur des Bordcomputers zur Aufgabe hat. Gibt es irgendwelche Güter, auf das Sie Anrecht erheben?"

„Nein, ich will nur weg von hier..."

Besetras erhob sich und rückte seinen Stuhl gegen den Tisch.

„Falls Sie Sektor Zehn oder gar Daphne XI meinen, hier ist meine Karte."

Der Polizeipräsident legte eine elektronische Visitenkarte auf den Tisch und tippte mit den Fingern drauf. David nahm die Karte in die Hand und untersuchte sie betäubt.

„Ihre mobile Computereinheit dürfte damit kompatibel sein, oder?"

David nickte, während er die Karte einsteckte, aber er war in Gedanken schon auf seinem Hoverbike unterwegs.

„Im Namen der Polizei von Sektor Zehn bitte ich Sie, die entstandenen Unannehmlichkeiten zu entschuldigen. Ich muss Sie darauf hinweisen, dass Sie ohne Identifikationskarte in einem Gebiet unterwegs sein werden, in dem sich Sicherheitseinheiten und Terroristen unbarmherzig bekämpfen. Sie bekommen aber bei der Aufbewahrungsstelle eine vorläufige Karte ausgestellt.

David stand auf und dehnte und streckte sich, während er sich mental auf die endlosen Weiten, die vor ihm lagen, einstellte. Besetras blickte ihn schief an.

„Bleibt noch hinzuzufügen, dass ich Ihnen hinsichtlich des Verschwindens Ihrer Crew einfach glaube, was in der Polizeitheorie mehr als unüblich ist."

„Sie spielen auf Differenzen innerhalb der Crew während einer langen Reise im All an?"

Besetras geleitete David aus dem Verhörraum heraus und vorbei an einem Hauptportal zu einer Aufbewahrungsstelle.

„Wir haben die Nummer Ihrer mobilen Computereinheit. Wenn was ist, melden wir uns," sagte Besetras und verabschiedete sich dann mit einem kurzen Kopfnicken.

Besetras marschierte zurück in Richtung Hauptportal, während seine Schritte im leeren Gang wiederhallten. Am Tresen der Aufbewahrungsstelle erblickte David einen Knopf, den er drückte. Kurz darauf erschien ein gleichgültig dreinblickender Mann in einem silbernen Anzug, der ihn merkwürdig anstarrte.

„Der Polizeipräsident hat mir von Ihnen erzählt. Sekunde..."

Der Mann verschwand in einer Kabine, kehrte dann mit Davids Überlebensrucksack unter dem Arm zurück und wuchtete ihn auf den Tresen. Aus ihm holte er zwei elektronische Dokumente hervor, die auf dem Tresen landeten.

„Bitte hinterlassen Sie Ihren Fingerabdruck hier und hier..."

David tat wie geheißen, bat dann um seine Schlüssel.

„Die sind im Rucksack, zusammen mit Ihrer vorläufigen Identifikationskarte. Ihr Hoverbike ist bei den Polizeiraumschiffen auf Bühne C geparkt. Einen schönen Tag noch..."

David schulterte den Rucksack und beeilte sich das Gefängnis zu verlassen. Wieder draußen schlug ihm ein harscher, herbaromatischer Wind entgegen. Nach einer Allee mit gelb-lila gefärbten Blättern auf dem Boden fand er sich vor einem offenen Transportlift wieder, der an der Rückseite eines Parkhauses angebracht war. Einige Etagen später hielt er an und versuchte unter den vielen kleinen Raumgleitern und mit Sicherheitssperren versehenen, beschlagnahmten Fahrzeugen sein Hoverbike ausfindig zu machen. Als er es endlich gefunden hatte, kramte er den elektronischen Schlüssel aus dem Rucksack, schob ihn in das Armaturenbrett und fuhr mit dem Transportlift wieder nach unten. Dort programmierte er die Strecke zur nächstgelegen Stadt ein, dann setzte er sich den Helm auf und schaltete auf Autopilot.

„Sektor Zehn, Division 9", leuchtete es David auf einem Neonschild entgegen, während er mit dem Hoverbike einen Graben entlang auf einen von Soldaten und Polizisten umgebenen Wachturm zubrauste, vor dem jede Menge Bodenfahrzeuge hielten. David stoppte und reihte sich ein, während über ihm kleine von Polizei- und Armeeraumschiffen umringte Gleiter untersucht wurden.

„Weiterfahren, weiterfahren!", herrschte ein wachhabender Soldat die Menge an, die sich vor einem großen Krater versammelt hatte, in denen überall verstreut Raumschiffteile lagen.

Große Werbedrohnen mit ständig wechselnden Displays waren in der Ferne über der Stadt auszumachen, Scheinwerfer und bunte Lichter strahlten in den Nachthimmel. Vereinzelt drang Lärm durch den die Stadt umgebenden, hohen Sicherheitswall. David widerstand der Versuchung seine mobile Computereinheit zu benutzen, um mehr über die Stadt zu erfahren, stattdessen zündete er sich lieber eine der bei einer Raumtankstelle gekauften Zigaretten der Marke „Timeout" an. Als er schließlich an der Reihe war, hielt er einem Wachpolizisten seine vorläufigen Identifikationskarte hin, der diese nur verständnislos musterte.

„Einen Moment, bitte."

Der Polizist verschwand in einer Kabine, während David wegen des einsetzenden Sprühregens eine Baseballkappe aufsetzte und eine Kapuze drüberzog. Kurz darauf erspähte er den wiederkehrenden Polizisten, der sich nach hinten umdrehte und jemandem zunickte. Der Polizist gab David seine Karte zurück und winkte ihn durch.

„Weiterfahren. Der nächste, bitte!"

David passierte im Schrittempo große, sich öffnende, magnetische Schleusentore, die den Blick auf eine überraschend große, pulsierende, in buntes Licht getauchte Metropole freigaben. Der Anblick war nach seiner langen Weltraumreise, dem desillusionierenden Gefängnisaufenthalt und der nicht endend wollenden Reise durch die Außenbezirke von Sektor Zehn so ungewohnt, dass es David die Sprache verschlug. Die Arme über dem Lenker verschränkt, atmete er tief durch. Die unterschiedlichsten Klänge vom tiefen Brummen der majestätischen Schadstofffiltertürme, über dem magnetischen Surren der über ihm schwebenden Raumschiffe bis hin zu den hypnotisch sich überlappenden Werbeslogans der unzähligen installierten Videotafeln umfingen ihn, während der Lärm der breiten, ihn umgebenden Menschenmasse ihn einschüchterte.

David war sich unschlüssig darüber, wohin er gehen oder was er tun sollte, weshalb er eine Weile untätig auf seinem Hoverbike verharrte.

Schließlich stach ihm der neonorange Schriftzug des ‚Ignition'-Motels ins Auge, dessen dunkle, anthrazitfarbene Verkleidung die bunten Lichter der Stadt unheilvoll absorbierte. David parkte sein Hooverbike vor dem Eingang, versiegelte es auf Knopfdruck und schlenderte unschlüssig zu dem von bewaffnetem Personal umgebenen, mit Ganzkörperscannern ausgestatteten Haupteingang. In der geräumigen Motellobby angekommen, fielen ihm als erstes die unbemannten Gepäckdrohnen auf, die Rucksäcke, Koffer und Taschen durch die Gegend transportierten, während hier und dort kleine, zylinderförmige Infodroiden von Touristen bedient wurden.

„Wie kann ich Ihnen helfen?", erkundigte sich eine lächelnde, eine Uniform tragende Dame bei David, der überrascht herumfuhr.

„Akzeptieren Sie Kryptowährungen?"

„Selbstverständlich, alle nach Revision 3.0."

„3.0? Ich habe nur 2.0. Kann man hier irgendwo umtauschen?"

„Selbstverständlich, gleich hier gegenüber im ´Silver Ray´-Casino. Am besten benutzen Sie den Hinterausgang. Kann ich sonst noch etwas für sie tun?"

„Nein, danke. Doch, warten Sie. Ich möchte mein Hoverbike verkaufen. Gibt es hier irgendwo einen Fahrzeugdealer?"

„Der Mann an der Rezeption kann Ihnen bestimmt weiterhelfen. Ich bin leider neu in diesem Bezirk."

Die Dame wies auf die Empfangstheke, vor der sich ein bunter Mischmasch aus Touristen angesammelt hatte und verabschiedete sich mit einem entschuldigenden Lächeln. David blickte ihr lange unschlüssig nach, die Zivilisation hatte ihn wieder. Ernüchterung machte sich breit, als er seinem Rucksack in Celluphanfolie eingepackte Geldscheinbündel entnahm und in seine Jackentaschen stopfte. Anschließend stellte er den Rucksack auf einer vor ihm haltenden Gepäckdrohne ab. Schließlich reihte er sich in die Menge ein, in der er seine Uhr nach einem an die Wand projizierten Chronodis-play stellte. Traumverloren verfolgte er den nicht abreißend wollenden Strom an Menschen, die im Motel ein- und ausgingen.

„Willkommen im Ignition-Motel! Was darf ich für Sie tun?", ließ eine Stimme David herumfahren, kurz bevor er dabei war, sich im Lärm und Glanz der anonymen Masse um ihn herum zu verlieren.

„Ich möchte einchecken. Hier ist meine Identifikationskarte."

Der Mann beugte sich verwirrt über die auf der Theke niedergelegte Karte, holte dann nach kurzem Zögern einen Scanner aus einer Schublade hervor und las sie damit ein.

„Sieh an, Herkunftsplanet unbekannt, sieht man nicht alle Tage", sagte der Portier, während er die Daten manuell in den Hotelcomputer übertrug.

„Betoma ist aber kein vorläufiger Name, oder?"

„Ich hoffe es...", war Davids Antwort, die auf den Portier einen verstörenden Effekt hatte. Er räusperte sich kurz, gewann dann seine Fassung wieder.

„Wie wollen Sie zahlen, mit Lastcoin oder Ceramo?"

„Mit Wire-X".

David blickte sich zu den Personen um, die hinter ihm anstanden, von denen einer laut aufgestöhnt hatte. Der Portier, dem die Szene nicht entgangen war, drückte einen Schalter unter der Theke, woraufhin eine Dame auftauchte, die sich den verbleibenden Gästen widmete.

„Tut mir leid, wir nehmen schon seit einigen Jahren kein Wire-X mehr an. Hier gegenüber gibt es aber ein Casino, bei dem Sie bestimmt umtauschen können. Ich reserviere Ihnen in der Zwischenzeit schon mal ein Zimmer. Irgendwelche besonderen Wünsche?"

„Ein möglichst ruhiges Zimmer, bitte."

„Ein Zimmer mit Blick auf den Hof. Sehr wohl, der Herr..."

David händigte den Gepäckschein, die der Gepäckdroide ausgespuckt hatte, an den Portier aus, marschierte dann zu dem Hinterausgang und ging ins Freie.

Besetras und Davenport hockten unterdessen in einem Polizeiraumschiff zweihundert Meter über ihm und verfolgten über einen Personenscanner seinen Gang ins „Silver Ray"-Casino.

„Wire-X, damit bezahlt man doch schon seit gut einem Jahrzehnt nicht mehr", murmelte Davenport, während er die großen Kopfhörer abnahm, um seinen Hals legte und sich seufzend zurücklehnte.

Besetras entledigte sich daraufhin ebenfalls seiner Ohrhörer.

„Laut Aufbewahrungsstelle hat er jede Menge davon. Mich würds nicht wundern, wenn er plötzlich jemandem aus unserer Fahndungsliste über den Weg läuft..."

„Den Auswertungen des Bordcomputers zufolge hat Betoma bis jetzt einhundertprozentig die Wahrheit gesagt."

„So was lässt sich mittlerweile alles programmieren..."

Besetras holte eine Wasserflasche aus dem an der Rückseite des Pilotensitzes angebrachten Tragenetzes hervor und nahm einen Schluck zu sich.

„...mich stören die sieben Crewmitglieder, über die bei uns ebenfalls nichts verzeichnet ist. Was ist, wenn die bereits längst in Sektor Zehn unterwegs sind?"

Davenport nickte geistesabwesend, während er etwas in den auf seinen Knien liegenden Laptop einhackte.

„Dass du immer noch von einem Warpangriff ausgehst, versteh ich nicht. Unser Polizeicomputer hat den Bordcomputer doch bereits mehrfach durchgecheckt. Raum-Zeit-Divergenzen, Weltraumspaziergang, Notlandung. Die bisher verzeichneten Warpattacken von Terroristen sind nie im Leben so chaotisch verlaufen..."

„Chaos ist eine der Grundlagen von Terrorismus. Frag den Krater da draußen, warum ausgerechnet er sich durch ein abgeschossenes Raumschiff formen durfte. Er wird dir keine Antwort geben können..."

Ein paar hundert Meter weiter unten marschierte David im Casino an den psychedelisch leuchtenden Pflanzen im Eingangsbereich vorbei in eine große Halle, in der ein Raumgleiter, ein Hoverbike und ein paar Droiden auf Podesten als Hauptgewinne ausgestellt waren. Ein paar Reihen stark frequentierter 3D-Spielautomaten weiter entdeckte er schließlich hinter einer Insel mit Plastikpalmen einen Schalterbereich.

„Hallo, was möchten Sie?", fragte ihn ein in eine feine Weste gekleideter Jugendlicher. David kam sich seltsam deplatziert vor.

„Ich möchte Wire-X umtauschen."

„Wire-X? Du, meine Güte. Einen Moment, bitte."

Der Jugendliche verschwand durch eine Hintertür, während David durch ein paar mit Projektionsdrohnen spielende Kinder abgelenkt wurde, die in einem eigens für sie abgesperrten Bereich herumturnten. Ein Mann mit einem Anglerhut in der Warteschlange hinter ihm verschränkte beleidigt seine massigen Arme, blickte demonstrativ an ihm vorbei und schnaufte laut. Der junge Angestellte kehrte unterdessen mit seiner Chefin zurück, die David interessiert musterte.

„Mit Wire-X hat hier schon seit den Siebzigern niemand mehr bezahlt. Zum Glück handelt es sich dennoch um eine Kryptowährung nach Revision 2.0. Wir können Ihnen aber keinen guten Kurs anbieten..."

„Machen wirs kurz und schmerzlos. Ich hätte 2200 WX anzubieten. Wieviel Lastcoin wäre das?"

„Zweitausendzweihundert?! Warten Sie kurz. Ah ja, das wären circa 21500 Lastcoin. Möchten Sies ausgedruckt oder nur digital?"

„Ausgedruckt, wenn's geht."

Die Dame nickte, während sie einen Knopf auf ihrer Uhr betätigte, verließ dann den Schalter durch eine Seitentür, während der Jugendliche David immer noch anstarrte. Zwei Security-Männer erschienen und stellten sich mit hinter dem Rücken verschränkten Armen zu David und der Frau.

Unterdessen verschluckte sich Davenport, während er an dem Strohhalm seiner Limonadenflasche nuckelte.

„Zwanzigtausend Lastcoin, na was wird er sich davon bloß holen?", fragte Davenport hustend, während er die Flasche auf dem Boden abstellte.

„Der Kurs von Uran CX ist letzten Monat gefallen. Wäre er schlau gewesen, hätte er sich allerdings schon mit den Wandlern seiner Treibstofftanks eindecken können...", antwortete Besetras, der entnervt auf die Uhr blickte.

„David, die Casinochefin und die Sicherheitsleute passierten eine bewachte Pforte im Keller, dann ging es weiter zu einem Tresorraum, vor dem kleine, bewaffnete Drohnen umherschwirrten. Eine der Drohnen scannte die Iris der Frau, eine andere projizierte eine Nummerntastatur, auf der sie eine vierzehnstellige Zahl eintippte. Daraufhin fuhr ein magnetisches Schild vor der massiven Tresortür herunter. Schließlich öffnete sich unvermittelt eine kleine Tür auf der gegenüberliegenden Seite des Ganges. Die Chefin betrat den getarnten echten Tresorraum, während das Sicherheitsteam David grinsend in Augenschein nahm, der auf dem falschen Fuß erwischt wurde.

„Alles Attrappe, wie im echten Leben...", amüsierte sich einer der Männer, während der andere kaugummikauend zur Seite starrte.

„Wie hätten Sie's denn gern? In Hundertern, Zweihundertern oder Fünfhundertern?", schallte die Stimme der Dame aus dem geräumigen Tresorraum.

„Möglichst wenig Scheine, bitte!" rief David in den Raum.

Wieder im Freien angekommen, fragte sich David, was er bloß mit dem vielen Geld anfangen sollte. Nachdem es in einem Tresorraum gelagert gewesen war, schien es sich um viel Geld zu handeln, doch diese Tatsache alleine kurbelte noch lange nicht seine Fantasie an. Alles, was ihm etwas bedeutete, war wieder zu seinem Heimatplaneten zurückzufinden, doch er wusste nicht, wo sich dieser befand, noch kannte er dessen Namen. Ein alter, unauffällig wirkender Mann rempelte ihn Augenblicke später unmerklich an. Er fuhr bei Davids Anblick unwillkürlich herum, musterte ihn mit stechendem Blick.

„Ja, na sowas... Entschuldigung, ich suche... meinen Enkel. Er trägt eine feine Weste, hat Sommersprossen im Gesicht."

Die stockende Redeweise des alten Mannes kam David merkwürdig vor, während er voll und ganz von dem hypnotisierenden Blick seines Gegenübers gefangengenommen wurde. Es war als wären seine Augen vollkommen leer, und dennoch reflektierten sie Unendlichkeiten. David wendete desorientiert die Augen von dem Mann, da er dessen Blick nicht mehr länger standhalten konnte und versuchte stattdessen, einen klaren Gedanken zu fassen.

„Ihr Enkel arbeitet da drinnen beim Umtauschschalter...“

„Da war ich schon, trotzdem vielen Dank!“

Der alte Mann wendete sich von David ab und wanderte weiter suchend umher, während David reflexartig nach dem Geldgürtel unter seiner Jacke tastete, der immer noch an Ort und Stelle war. Jeder sucht nach irgendetwas, war der erste Gedanke, der David in den Kopf Schoss. Er verdrängte ihn und die Begegnung mit dem alten Mann und machte sich zu dem Motel auf und deckte sich unterwegs noch bei einem E-Kiosk mit einem interaktiven Stadtplan, ein paar Süßigkeiten und einem Handychip ein.

Im Hotelzimmer angekommen, fiel David als erstes sein Rucksack auf, der auf dem Bett abgeladen worden war. Als er auszupacken begann, hopste plötzlich ein flüchtiger Schatten wie ein Tischtennisball kreuz und quer durchs Zimmer. David stockte der Atem, die Erscheinung war jedoch zu flüchtig, als dass er mit ihr etwas anfangen konnte. Er schüttelte sich kurz, stellte dann die mobile Computereinheit seines Raumschiffes auf den Tisch in der Mitte der verschwenderisch großen Suite. Schließlich setzte er sich vor sie und gab mehrere Codes ein, stellte dann auf Sprachsteuerung um.

„Erbitte Zugriff auf NX-2.“

„Zugriff nicht möglich. Sperrung durch lokale Polizei.“

„Wie sieht es mit der binären Speicherung der Flugprotokolle auf den Servern der Raumfahrtbehörde aus?“

„Flugprotokoll unvollständig. Letzter Upload besteht aus Rekonstruktion durch den Bordcomputer.“

„Ausdrucken.“

„Sie haben eine gespeicherte Nachricht. Wünschen Sie einen Abruf?“

David fuhr herum, stieß dabei einen Kaffeebecher um, den er sich an einem Getränkeautomaten im Motelflur besorgt hatte.

„Gespeicherte Nachricht? Was zum...?“

David hastete zum Badezimmer, schnappte sich ein Handtuch, legte es auf die feuchte Teppichstelle und trat kurz darauf.

„Abrufen!", gab David durch, während er nervös eine Zigarette aus seiner Jackentasche fingerte.

„Umgehung des Intranets durch Polizeiserver. Nachricht an David Betoma von Magnus Davenport."

Die Stimme von Davenport schallte durch die nur vom Bildschirm beleuchtete Hotelsuite des „Ignition"-Motels:

„David, ich war mir sicher, daß Sie auf das Flugprotokoll zugreifen würden. Hören Sie zu, das hier ist vielleicht Ihre letzte Chance, wieder dahin zurückzukehren, woher Sie gekommen sind. Es existiert eine Raumstation ungefähr eine Million PX von Daphne XI entfernt, sie hört auf den Namen Novocrest 4. Sie beherrscht den unbemannten Warpsprung in fast alle Galaxien und sammelt seit Anfang der 3000er personenbezogene Daten durch Aussendung von Info-Droiden und dem Abgleich mit interplanetaren Datenbanken..."

David lehnte sich benommen an die Lehne eines Sessels, während er hastig an seiner Zigarette zog.

„...um es kurz zu machen, ist die Datenbank vielleicht Ihre letzte Chance, herauszufinden, wer sie sind. Das Zeitfenster für den Anflug auf Novocrest 4 schließt sich in dreihundertsiebzig Tagen. Klingt nach viel Zeit, ist es aber nicht. In 30 Tagen startet die letzte mit Wissenschaftlern bemannte Rakete zur Raumstation, in 43 Tagen kehrt sie zurück. Danach existiert keine legale Möglichkeit mehr, um zur Raumstation zu gelangen, bevor sie sich eigenständig zum Inter-X2-Spiralnebel teleportiert. Die Politiker hinter Besetras dürfen von dieser Aufzeichnung hier nichts wissen, da sie Sie am Verlassen des Planeten hindern wollen, bis Ihre Herkunft nicht vollständig aufgeklärt wurde. Kontaktieren Sie Professor Doktor Del Piero von der Raumfahrtbehörde D-SAR in Division 9, seine Daten finden Sie im Netz. Viel Glück!"

Ein paar hundert Meter über Davids Motel fluchte Besetras, weil seit Minuten nur ein brummendes Rauschen über die Ohrhörer erklang. Davenport , der neben ihm saß, musterte ihn mit einem angespannten Seitenblick, während er inständig hoffte, dass der Akku des Frequenzblockers in seiner Jackentasche hielt. Besetras war drauf und dran, den Kopfhörer in die Ecke zu pfeffern und den Piloten zu bitten, runterzugehen, als mit einem Mal das Rauschen abebbte und das elektrische Klicken eines E-Lighters zu vernehmen war. David hatte eine weitere Zigarette angezündet, um über die abgespielte Nachricht nachzudenken, die, obgleich sie die Lösung für seine Probleme darstellte, ihn merkwürdig kalt ließ. Alle möglichen, bedeutungsschwangeren Szenarien türmten sich vor seinem inneren Auge auf, während ein kalter Wind durch die Balkontür blies. Ans Ende der Welt zu reisen, nur um von einer Datenbank im Weltraum eingescannt und die Lösung auf dem Silbertablett präsentiert zu bekommen, schmeckte ihm nicht. Nicht einmal den Namen der ihm vorgeschlagenen Kontaktperson konnte er sich merken, so sehr widerstrebte es ihm, den Rat des Polizeiinformatikers zu befolgen.

6

Die folgenden Tage verbrachte David damit, zu einem neuen Gleichgewicht zu finden, während er wie ein Tourist gdie Tiefen und Untiefen des gigantischen Stadtkomplexes auslotete, wobei er auf Schritt und Tritt von Polizisten verfolgt wurde — wenn nicht von Besetras oder Davenport, dann von dessen Untergebenen und Stellvertretern. Eine E-Zeitung berichtete über ein von der Polizei unterseeisch geborgenes Raumschiff, es wurden aber weder Namen genannt, noch war ein Landedatum ersichtlich. Die Zeitung erging sich schließlich mit wilden Spekulationen und Seitenhieben auf die allgegenwärtige Staatsgewalt und die Art und Weise, wie sie die Bürger mit der Einbehaltung von Informationen bevormundete.

David hielt sich peinlich genau an den für Astronauten vorgegebenen Fitnessplan, ging in einer Badeanstalt in der Nähe des Casinos schwimmen und in einem der künstlich angelegten Stadtparks joggen, wohingegen er es mit der Ernährung wie immer nicht so genau nahm. Zwei Wochen verstrichen so im Nu, während die ihn beobachtenden Polizisten sich zu Tode langweilten. Eines Abends fiel David auf einem Boulevard ein schlaksiger Junge mit übergroßem Mantel auf, der Handzettel an die vorbeistreifende Menge verteilte. Als er sich ihm näherte, drehte sich der Junge wie auf Knopfdruck zu ihm um und starrte ihn mit einem traurig-loderndem Blick an, der ihn sprachlos machte.

„Hey, Mann. Kommen Sie ins Port X, Sie werden's nicht bereuen..."

David beugte sich über den Knaben, ließ sich von ihm einen Zettel geben.

„Theater, Varieté, pure Magie...", las David vom Zettel laut ab. „Mich erwartet doch nichts Verbotenes, oder?"

„Nur ein bisschen Fantasie, sonst nichts. Nun gehen Sie schon weiter, oder wollen Sie hier übernachten?"

David entfernte sich vom Jungen und schlenderte weiter den Boulevard entlang, in denen sich zahlreiche Erotikshows etabliert hatten. Irgendwann zerknüllte er den Zettel und schmiss ihn weg, suchte anschließend ein Fast-Food-Restaurant auf, in dem Burger, die Bärenfleisch enthielten, für einen hohen Preis über den Tisch gingen. Nach dem Essen blickte David sich unschlüssig um, beobachtete die Restaurantgäste und studierte deren Verhalten. Solange er sich wie ein Tourist verhielt, hier und dort ein Foto schoss oder Tagebuch führte, war alles in bester Ordnung, aber das Nichtwissen um seine Herkunft, seine Identität und seine zukünftige Bestimmung lastete tonnenschwer auf ihm. „Port X, warum nicht?", murmelte er leise vor sich hin und gab schließlich den Namen in den Browser seines Handys ein.

Einige Stunden später stand er vor einem verwitterten Getränkelieferanteneingang, vor dem ein kleines Tickethäuschen aufgebaut war.

Eine Gruppe Jugendlicher spielte mit einem projizierten Ball Fußball, was Davids Aufmerksamkeit einfing.

„Guten Abend, der Herr. Darfs die Mitternachtsvorstellung sein?"

David drehte sich um, eine blonde, adrette Mitzwanzigerin in einem grünen Lodenmantel musterte ihn kaugummikauend, dann abwesend ihre neon-rosanen Fingernägel.

„Ja, ok. Wieviel macht das?"

„Zwei Lastcoin."

„Oha, ist das nicht ein bisschen teuer?"

Die junge Dame blickte ihn keck an.

„Verglichen mit was?"

„Mit... ach, egal. Kannst du auf hundert herausgeben?"

„Natürlich, einen Moment, bitte."

Die Frau verschwand im Getränkelieferanteneingang und kehrte kurz darauf mit einem Bündel Geldscheine zurück. David war im Verlauf der zurückliegenden Wochen immer noch nicht dazu gekommen, die Hunderter aus dem Casino in kleine Scheine zu wechseln, was er wieder einmal bereute. Die Dame drückte ihm den Bündel Scheine in die Hand, überreichte ihm ein Ticket und winkte ihn dann mit einer Schulterbewegung hinein.

„Viel Glück und einen schönen Abend noch!", rief sie David hinterher, der einem langen Gang zu einer unterirdischen Bühne folgte, in dem hier und dort zerrisene, ausgeblichene Plakate hingen. Vor dem Eingang zur Bühne stand er hin- und hergerissen vor einer Theke, an dem ein paar ältere Leute anstanden, um sich mit Sandwiches und Getränken einzudecken, verzichtete dann doch lieber zugunsten des Anfangs der Show. Innen steuerte David einen Platz in der oberen Mitte schräg hinter einer Gruppe junger Damen mit unpassend feinen Abendkleidern und Operngläsern. Plötzlich erlosch das Licht auf den Sitzreihen, so dass es stockfinster wurde. Ein sonores Brummen erschütterte den Boden unter den Füßen der Zuschauer.

„Ankunft auf Daphne XI in vier, drei, zwei, eins...", ertönte eine blecherne Stimme aus dem Nichts.

Der rote Vorhang auf der Bühne wurde beleuchtet, auf den eine sich rasch nähernde Planetenlandschaft projiziert wurde, plötzlich wirbelte der Vorhang zur Seite und gab den Blick auf etwas frei, dass durch Bühnenbild, Schauspieler und Projektionen dem Boulevard verdammt nahekam, auf dem David vom kleinen Jungen den Handzettel überreicht bekommen hatte.

Wieder meldete sich die Stimme aus dem Off, diesmal kristallklar und unverzerrt:

„So haben Sie von uns erfahren. Aber ist das wirklich so passiert?"

Davids Ohren begannen zu summen, das war genau das, was er nicht erwartet hatte, der Alltag, den man in einer Show zu vergessen versuchte. Ein Mann in einem eleganten, schwarzen Mantel wurde von einem Scheinwerfer grell von oben angeleuchtet. Er schlenderte gemächlich über den Boulevard und wurde Teil des geschäftigen Treibens um ihn herum, inklusive der projizierten Fahrzeuge. Eine große Rat-hausuhr wurde aus dem Boden gefahren, der dünne, große Sekundenzeiger klemmte. Die Szene wurde von einem einsamen Saxophon untermalt.

„Was ist, wenn Sie nur noch diese eine Sekunde zu leben hätten?", erschallte die Stimme wieder. Plötzlich knallte aus dem Nichts ein dumpfer Schuss und der Sekundenzeiger rastete unverhältnismäßig laut ein, dann wurde es mit einem Mal stockdunkel und gänzlich still – solange,dass das Publikum bereits unruhig wurde.

Die blumenübersäte Wiese eines Friedhofes war das nun folgende Szenario; eine Dame in einem Regenmantel zog dessen Reißverschluss bis ans Kinn, während ein starker Wind durch ihre langen Haare fuhr. Dann kniete sie vor einem Grabstein nieder und legte einen Blumenstrauß ab.

„Was ist, wenn Sie schon lange tot wären? Wäre es dann nicht egal? Woher Sie kommen, wohin Sie gehen?"

Einmal mehr erlosch das Licht auf der Bühne, während das Saxophon erneut ertönte, diesmal noch eine Spur eindringlicher und traumverlorener. Anschließend erschien eine elegant gekleidete, ältere Dame, die versuchte, sich in einem Spiegellabyrinth zurechtzufinden. Sie gab schließlich auf und rutschte mit dem Rücken quietschend an einem der Spiegel herab, ließ ihren Federhut auf den Boden fallen und öffnete verschwitzt ihren Mantel. Ein Greis mit einem Stock schlenderte an ihr vorbei und ließ mitleidig eine Münze in den Hut fallen. Alle im Publikum bis auf David lachten schallend, es war genau diese Szene, die sich in sein Gedächtnis brannte und all die ganze Mut- und Rastlosigkeit der vergangenen Wochen merkwürdig genau auf den Punkt brachte. Ein Bettler in einem eleganten Mantel, das war er, all seiner magischen Erinnerung beraubt - eine bloße Marionette auf einer Bühne, dessen Spielregeln er nicht verstand.

Die Vorstellung verlegte sich nun auf mal mehr, mal weniger kryptisch verschlüsselte, von Orchestermusik untermalte Inhalte, während David der Name des Wissenschaftlers plötzlich wieder einfiel, den Davenport erwähnt hatte. Er stand einem Impuls folgend auf, schlängelte sich an den Sitzen zweier Jugendlicher vorbei, die überrascht die Beine von den vor ihn liegenden Sitzreihen nahmen, und eilte aus der laufenden Vorstellung.

Draußen angekommen, hockte David sich auf einen Bordstein gegen-über des Getränkelieferanteneinganges, fischte sein Handy heraus und gab „Professor Del Piero" in die Suchmaschine des Browsers ein. „Novocrest 4" erschien, „Raumfahrtbehörde D-SAR" und die Telefon-nummer von dessen Zentrale. Da war sie nun, die Einladung ans Ende der Welt — kühl, klinisch steril und voller unsichtbarer Fragezeichen, kompakt zusammengefasst durch eine mit der Raumfahrtbehörde verlinkte Webseite.

Ein kalter Wind zerzauste Davids Haare, der sich schüttelte. Er stand auf, marschierte am Tickethäuschen vorbei und mischte sich wieder unter das bunte Treiben auf der Hauptstraße. Nach einem kurzen Moment der Unschlüssigkeit rief er ein Hovertaxi heran und bat den Taxifahrer darum, zur „Interlink D"-Hauptstation zu fahren. Dort durchquerte er die Bahnhofshalle und begab sich an einen der Ticket-schalter. Eine Studentin mit hochgesteckten Haaren sah von einer Zeitschrift auf und blickte den desorientiert wirkenden David fragend an.

„Wollen Sie nun etwas kaufen oder nicht?"

„Ja, nein, ich weiß es wirklich nicht."

Die Dame schenkte David ein bezauberndes Lächeln, während sie die Zeitschrift beiseitelegte und ihr Kinn auf ihre Hände stützte.

„Sie reisen nicht gerne, oder?"

David biss sich auf die Zunge, da er sein Gegenüber nicht mit Raum-fahrtgeschichten langweilen wollte.

„So könnte man es in etwa zusammenfassen, ja. Also gut, was solls. Was ist ihr schnellstes Ticket nach Division 9, Distrikt 2?"

„Distrikt 2? Das ist aber abgelegen. Einen kurzen Moment..."

Die Dame öffnete einen projizierten, grünen Würfel und drückte hier und dort auf ein paar Verbindungspunkte, bis eine dreidimensionale Landkarte erschien.

„Am besten mit dem Lightspeed Traveller bis zur Hauptstation von Distrikt 9. Danach empfehle ich Ihnen ein Hovertaxi, wenn Sie schnell sein wollen."

„Ja, natürlich, was denn auch sonst...", murmelte David fast mehr sich zu selbst.

„Möchten Sie ein Ticket?"

„Ja, bitte."

Am darauffolgenden Tag erwachte David voll angekleidet auf dem Bett seiner Hotelsuite, während er sich nicht erinnern konnte, wie er nach Hause gekommen war, noch, dass er sich hingelegt hatte. Missmutig stöberte er auf dem Nachttisch in ein paar Essensverpackungen und Aluminiumfolien herum, bis er ein halb gegessenes Sandwich ausgrub, das er hastig verschlang. Dann setzte er sich an den Tisch, um zu telefonieren.

„Raumfahrtbehörde D-SAR, Telefonzentrale, guten Morgen. Mit wem habe ich die Ehre?"

David starrte auf das grelle Licht, daß an die Vorhänge der Balkontür klopfte und lockerte den zu eng anliegenden Mantel am Hals. Er schaltete den Hörer des Telefons auf Freisprechmodus um, legte es auf dem Tisch ab und versank im Sessel.

„David Betoma. Ich bin von einem Polizisten an einen bei Ihnen arbeitenden Professor Doktor Del Piero verwiesen worden, der bald zur Novocrest 4 aufbrechen wird. Mein Ziel ist es, den Professor zu sprechen, bevor er das tut, da ich ansonsten das Zeitfenster für den Raketenstart verpasse.

„Es eilt also. Na gut, ich sehe, was ich tun kann. Bitte hinterlassen Sie eine Nachricht nach dem Piepton, diese wird dann unverzüglich an das Telefonpult der für das Novocrest 4 verantwortlichen Teams weitergeleitet. Es wird zweimal täglich abgehört."

„Sehr gerne, vielen Dank."

„Auf Wiedersehen, der Herr."

Ein durch ein merkwürdiges Brummen verzerrtes Piepen ertönte einige Augenblicke später, während David sich erfolglos aufzurichten versuchte, stattdessen noch tiefer im Sessel versank.

„Hallo, dies ist eine Nachricht an Prof. Dr. Del Piero, an niemanden anderes. Herr Del Piero, hier spricht David Betoma, letzter Überlebender der Gaeta 9, dessen Notlandung im Cemetersee vor drei Wochen bis auf eine kurze Erwähnung im Data Compact Magazin vom 24. diesen Monats der breiten Öffentlichkeit vorenthalten wurde. Das Raumschiff sowie die Notfallkapsel wurden von der Polizei beschlagnahmt, ich wurde wegen Verdachts auf Terrorismus inhaftiert, kurze Zeit später jedoch wieder freigelassen..."

David nahm einen Schluck von einer auf dem Boden herumliegenden Wasserflasche, räusperte sich kurz.

„...ich komme nun zu meinem eigentlichen Anliegen, nämlich meinem während der Raumfahrt durch eine Divergenz im Raum-Zeit-Kontinuum erlittenen Gedächtnisverlust, weswegen eine Identifikation durch die Datenbank Ihrer Novocrest 4-Raumstation die letzte verbleibende Alternative..."

David zuckte zusammen, als ein plötzliches Knacken in der Leitung seinen Monolog unterbrach.

„Professor Del Piero am Apparat. Egal, was Sie zu sagen haben, tun Sie es nicht hier und nicht jetzt. Wir unterhalten uns besser in der Raumfahrtstation. Wann haben Sie Zeit?"

David blickte auf die Uhr, während er sich durch seine zerwühlten Haare strich.

„Ich kann um 12 Uhr bei Ihnen sein, wenn es Ihnen passt."

„Machen wir 18 Uhr daraus, mich erwarten hier noch ein paar aufwendige Testdurchläufe. ich warte dann in der Zentrale auf Sie. Bis dann."

7

David legte den Hörer ermattet beiseite, während er sich fühlte, als hätte er einen Deal mit dem Teufel geschlossen - eine Datenbank sollte ihm nun also erzählen, wer er war. „Woher wir kommen, wohin wir gehen", hatte es im Theater geheißen. Die Erinnerung an die gestrige Vorstellung motivierte David, sich die paar Stunden bis zur Abfahrt wieder unter das Volk zu mischen. Auf dem Weg zum Restaurant fiel ihm eine unscheinbare E-Buchhandlung auf, deren Eingang in einer sehr schmalen Gasse neben der Ladenzeile lag. David trat in das nach Räucherstäbchen duftende Geschäft, das viel größer als angenommen ausfiel und in dem ein Lift ins Obergeschoss führte. Der Verkäufer, ein junger Mann mit großen, dunklen Augen musterte David kurz und wendete sich dann wieder seinem Tablet zu. David sah sich unschlüssig um und wunderte sich einmal mehr, dass solche Buchhandlungen trotz des digitalen Zeitalters sich über Wasser halten konnten — viele Menschen bestanden aber nach wie vor auf eine physikalische Hülle für das eBook, außerdem auf einen Verkäufer, mit dem sie sich angeregt über dieses und jenes unterhalten konnten.

„Was ist im zweiten Stock?"

„Unser Lager. Leider kein Zutritt für Kunden."

Der Verkäufer wollte sich wieder seiner Lektüre widmen, sah dann aber zu David hoch, der sich zum Gehen wandte.

„Hey, Sie sehen aus wie jemand, der ein gutes Buch braucht. Eins, an das man sich noch lange erinnert..."

„Und das wäre?", fragte David ungewollt sarkastisch.

Der Verkäufer erhob sich, schlenderte um den Tresen und stellte sich neben David.

„Die Frage ist nicht, was wollen Sie lesen, sondern, was haben Sie vor?"

„Nun ja, mir steht eine lange Reise bevor."

„Wem nicht? Nun, gut. Sie sehen nach einem organisierten Menschen aus, Ratgeber entfallen demnach schon mal. Dennoch, wenn ich tief in mich gehe, lese ich eine leichte Spur Verwirrung oder Ratlosigkeit aus Ihrer Miene..."

„Ich leide unter akuter Amnesie, wahrscheinlich habe ich Sie und ihren Laden morgen schon vergessen..."

„Gedächtnisverlust? Ok. Ich möchte Ihnen jetzt nicht auf die psychologische Tour kommen", sagte der Verkäufer, „aber Sie wissen schon, dass die ersten Worte, die wir lernen, Ma-ma und Pa-Pa sind..."

David musste ob der theatralisch gedehnten Silben der Elternnamen unwillkürlich schmunzeln.

„Ich wollte, ich könnte mich an sie erinnern, aber da ist etwas, das mich ständig zurückzieht, egal wie sehr ich mich bemühe…"

„Also leben Sie lieber in einem gleichgültigen Nirvana weiter und gehen unbekümmert shoppen?", provozierte der Verkäufer, der die Arme vor seiner Brust verschränkte, David.

„Ist ok, sagen Sie ruhig, was Sie denken. Ich trete soundso bald eine Reise an, von der ich vielleicht nicht zurückkomme…"

Zweihundert Meter über den beiden Gesprächspartnern amüsierten sich Jones und Ferrat in einem Polizeigleiter über dessen Unterhaltung. Ein eingehender Funkruf unterbrach die angeheiterte Stimmung, eine Frauenstimme meldete sich zu Wort:

„Neue Anweisung von Besetras. Die überwachende Bodeneinheit wird ab jetzt gedoppelt, da ein nicht näher genannter Polizist Betomas Hoteltelefon sabotiert hat. Es ist zusätzlich zur Verfolgung auf weitere verdächtige Personen zu achten, die unter Umständen Personenscanner und Abhörgeräte manipulieren können."

Jones knallte den Funkhörer in seine Gabel, während Ferrat sich zurücklehnte und entnervt durch seine Haare fuhr.

„Sonst noch was?! Da können wir ja gleich die Mikroben auf den Bäumen zählen."

„Ja, ist ok, ich nehme das Buch. Aber nur, weil Sie jemand sind, der sagt, was er denkt…", rauschte es durch die Abhöranlage. „Wissen Sie was, ich leg Ihnen noch eins auf Kosten des Hauses dazu. „Die Tränen der weißen Statue". Nichts Großes oder Weltbewegendes, aber genau der richtige Zeitvertreib, wenn man auf eine lange Reise geht…

„Na, denn. Wo finde ich die nächste Toilette?"

„Gegenüber ist ein kleines Einkaufszentrum. Unten neben dem Supramarkt."

David packte die Tüte mit den Büchern in seinen Rucksack und verließ den Laden. Wieder draußen angekommen, ploppte es kurz in ihm, fast so als ob jemand ein Ventil oder etwas Ähnliches betätigt hätte. Jegliche Erinnerung an das zurückliegende Gespräch waren wie ausgelöscht, dafür fiel David mit einem Mal wieder der Typ mit der silbergrauen Regenjacke und der Jogginghose auf, der sein Hovercar vor dem Moteleingang geputzt hatte. David betrat schnell das auf der anderen Straßenseite liegende Einkaufszentrum und erkundigte sich in einem Imbiss am Eingang nach einem Hinterausgang.

Ein Stockwerk tiefer beeilte sich David, seine dringende Notdurft in der Toilette des Einkaufszentrums zu verrichten. Dann schaltete er sein Handy aus und suchte das ein Stockwerk tiefer liegende Parkdeck auf, das wie vorhergesehen riesig war und sich weit verzweigte. Einige Reihen von Raumgleitern, Hovercars und -bikes weiter erreichte er schließlich draußen einen kleinen Weg, der an einem Bewässerungsgraben entlangführte. David entledigte sich der Jacke und stopfte sie in den Rucksack, schob sich seine Schirmmütze tief ins Gesicht und sah sich hastig nach allen Seiten um.

„Alpha Zero an Zulu X. Wir haben ihn verloren. Alle verfügbaren Einheiten zum Einkaufszentrum Cameo am Albatros-Boulevard!", gab Jones hastig an seine Kollegen durch.

„Er hat sich nach einem Hintereingang erkundigt, aber die Kameras zeigen nichts an", fügte Ferrat an. „Seid auf der Hut!"

David befand sich unterdessen bereits in einem durch die Luft gleitenden Raumtaxi, das ihn zur Interlink D-Station bringen sollte.

„Warten Sie, ich habe es mir anders überlegt. Wieviel würde ein Flug zu Division 9, Distrikt 2 kosten?"

Der Taxipilot drehte sich überrascht um, während er den Hebel für den Autopiloten betätigte.

„Eine Reise ins Niemandsland? Das wird teuer, Sportsfreund, sehr teuer sogar."

„Also gut, was halten Sie von fünfhundert Lastcoin?"

„Fünfhundert?!"

„Wenn Sie sich beeilen..."

„Sobald wir aus der Stadt raus sind, kein Problem. Ich muss aber nochmal unterwegs tanken..."

David legte sich auf der hinteren Sitzbank quer, holte die Tüte mit den Büchern hervor und schob sich die Mütze wieder ins Gesicht.

„Hey, wie wärs mit einer Anzahlung?"

David zog drei Geldscheine aus seiner Hemdtasche und reichte sie nach vorne.

„Hier, der volle Fahrpreis", sagte David, der es sich wieder gemütlich machte. „Keine Sorge, der ist echt."

David führte einen der eBook-Chips in sein Tablet ein und scrollte in „Erinnerungen in D-Moll" herum, das zahlreiche Zeichnungen und Tabellen enthielt. Dann ließ er sich den einleitenden Text vorlesen, während er einen Ohrhörer ins Tablet stöpselte.

„Unsere Erinnerungen verblassen in der heutigen, multimedial über-fluteten Zeit schnell und werden nur allzu häufig tief in unserem Unterbewusstsein verschlossen, während Quasierinnerungen in Form von Videos, Fotos und Sprachmemos an ihre Stelle treten", säuselte eine angenehme, dennoch sehr monotone Frauenstimme zu den automatisch markierten Textzeilen. „Meist haben wir nur in unseren Träumen und kurz nach dem Erwachen unbegrenzten Zutritt zu unse-ren Erfahrungen – zwischenmenschliche Begegnungen, die das Rad der Zeit weiterdrehen, einmal ausgeschlossen..."

David blickte aus dem Fenster, an dem Regentropfen rasend schnell ihre Spur zogen, während es in der Ferne lautlos blitzte.

„...weswegen das Buch „Erinnerungen in D-Moll" betitelt wurde. Ein belangloses, klassisches Konzert, an das keine Erinnerungen mehr vorhanden sind, ein Erlebnis, das vielleicht keines war, etwas Gestor-benes, Fades, Eintöniges, das nicht weiter ins Gewicht fällt – kurzum Ihr Gedächtnis. Dieses Buch ist so etwas wie der Notenschlüssel, um die Instrumente im Hintergrund wieder zu stimmen und die verstimm-ten Töne loszuwerden...

David blickte auf die Uhr, während er von dem monotonen Singsang der vorlesenden Frauenstimme alsbald in tiefen Schlaf versank. Ein Klopfen an der Fensterscheibe ließ ihn einige Zeit später hochfahren.

„Hey, letzter Halt bis zum Trip durch die Wüste", gab der Taxipilot von außen durch, während er ein Elektrokabel am Raumtaxi anbrachte. Nochmal was snacken oder auf Toilette?"

David starrte ihn desorientiert an, während er sich vom Tablet löste, das er während des Schlafes fest umarmt hatte. Er wollte zunächst weiterschlafen, raffte sich dann aber doch auf und stieg aus dem Gleiter.

Ein harscher Wind schlug David entgegen, als er den grauen Kunststoffboden der „Electric Oasis" betrat. Silber-rote Wolkenbänke umspielten die zerklüfteten Felsen der Gebirge in der Ferne, die von dem bläulichen und dem rötlich-orangenen Planeten angestrahlt wurden. In David herrschte Aufbruchstimung, er jubilierte, fühlte sich dennoch seiner selbst entfremdet.

„Ich dachte schon, Sie wachen nie mehr auf..."

David drehte sich um und starrte den Taxipiloten an, der einen Karton voll Lebensmittel auf den Beifahrersitz wuchtete.

„Waren Sie schon drinnen?", erkundigte sich der Pilot, nachdem er die Ladung losgeworden war.

„Nein. Ist nicht so wichtig. Ich rauch noch kurz eine, ok?"

„Ist Ihre Zeit. Ich warte drinnen", winkte der Pilot ab und begab sich ins Innere des Raumgleiters.

David nickte abwesend, während er sich auf einen Felsen am Eingang der Wüstenoase hockte, eine Zigarette anzündete und in tiefe Gedanken versank. Ab und zu wehte der Wind einen verdorrten Busch an, ansonsten lenkte nichts von der kargen Einöde ab, die ihn förmlich absorbierte. Gedanken schienen wie Kähne im Wasser zu stehen, wie in einem Gemälde, in dem die Gegenstände mit dem Hintergrund verschmelzen.

„Kanns weitergehen?"

David nickte abwesend, als er hinten einstieg. Das Raumtaxi setzte sich in Bewegung und hob ab, beschleunigte dann in dreißig Metern Höhe auf Maximalgeschwindigkeit. Die nächsten Stunden verbrachte David damit, in teilnahmsloser Traumstille aus dem Fenster zu starren, bis es zu dunkel wurde, um außer den beiden leuchtenden Planeten und den schemenhaften Umrissen der geisterhaften Gebirge überhaupt noch etwas auszumachen.

„Wie lange noch bis zur Raumfahrtbehörde?"

Der Taxifahrer wurde unvermittelt aus seiner düsteren Träumerei gerissen. Er schüttelte sich, dann betätigte er einen Knopf in der in der Mittellehne eingelassenen Armatur, eine dreidimensionale Karte wurde zwischen David und dem Taxipiloten projiziert.

„Ah, ja. Danke."

David lehnte sich wieder zurück. Er hätte jetzt gerne etwas zu essen gehabt, vielleicht auch nur um sich von der plötzlichen Ernüchterung abzulenken.

„Sie sind nicht von hier, oder?"

David musste unwillkürlich lachen.

„Nein, das bin ich nicht. Ich bin von ganz woanders."

Der Taxipilot lächelte müde.

„Von ganz woanders? Klingt gut."

Der Pilot schaltete das Radio ein und wechselte ein paar Sender durch, entschied sich dann für etwas jazziges.

„Gibt es ganz woanders auch nette Mädels und sowas?"

„Nein, die sind ganz woanders."

Beide lachten kurz, doch dann wechselte die Stimmung in ein gezwungenes Schweigen über.

Als auch das abgeklungen hatte, machte sich emotionslose Leere im Raumtaxi breit, nur spärlich aufgefüllt durch die programmatisch wirkenden Klänge aus den Bordlautsprechern. Endlose auf dem Air Highway 5 installierte, schwebende Scheinwerferdrohnen streiften am Fenster vorbei, während die D-SAR Raumfahrtstation auf der projizierten Landkarte endlich in greifbare Nähe rückte.

„Sind Sie Wissenschaftler oder sowas?"

„Nein, Raumfahrer. Wir sind gar nicht mal so verschieden."

„Oh, doch. Wir sind sehr verschieden."

David fühlte sich überrumpelt, musste dann aber dem Piloten gedanklich beipflichten. Er verstaute sein Tablet in seinem kleinen Rucksack und versuchte, sich mental auf die bevorstehende Begegnung mit Del Piero vorzubereiten. Der Wissenschaftler schien von Davenport von Davids Überwachung unterrichtet worden zu sein, ansonsten hätte er den Anruf nicht so rasch abgewürgt, überlegte er. Nachdem noch 14 Tage bis zum Raketenstart verblieben, und die Raumfahrtbehörde alles andere als ein Hotel war, würde David spätestens morgen wieder nach Division 9 zurückkehren müssen. Bei dem Gedanken an eine die weite Rückkreise schauderte es David.

„Wir sind gleich da!", riss der Pilot David aus seinen düsteren Überlegungen.

Ein gigantisches Areal voller geisterhaft weiß leuchtender Satellitenschüsseln rückte in Davids Blickfeld, in dessen Mitte sich ein großes, rundes Gebäude befand. Ein von einem rot blinkenden Lämpchen begleiteteter Alarmton ging im Raumtaxi los, das in der Luft Halt machte.

„LD-423 WQ, bitte identifizieren Sie sich", erschallte es über das Bordmikrofon.

„Pilot Marquise, Raumgast Betoma. Bevorstehendes Treffen mit Professor Del Piero."

Der Pilot wendete sich achselzuckend zu David um, als keine Antwort ertönte.

„Habe ich irgendetwas vergessen?"

„Nein, nein. Ist nur ein riesiges Gebäude. Es kann dauern, bis der Professor den Eingang erreicht."

Einige Minuten verstrichen, bis die Stimme erneut erklang.

„Bitte setzen Sie Ihren Bordgast ab. Aufgrund der hochempfindlichen Instrumente auf dem Gelände muss zu Fuß gegangen werden."

Der Pilot nickte überrascht, flog dann nach unten und parkte auf dem sandigen, mit dunkel-kristallinen Teilchen durchsetzten Boden. David fummelte in seiner Hemdtasche und reichte dem Piloten einen weiteren Schein.

„Nicht alles auf einmal ausgeben", zwinkerte David dem überraschten Piloten zu, als er ausstieg.

Dann begab er sich zur Rückseite des Raumtaxis, dessen Kofferraumdeckel aufsprang, schnappte sich seinen großen Rucksack und schulterte ihn. Schließlich trat er den langen, asphaltierten, von turmhohen Satellitenschüsseln umgebenen Weg an. So befremdlich das ihn umgebende Szenario ihm vorkam, so konnte er sich dennoch nicht des Gefühls erwehren, zu Hause angekommen zu sein.

8

Es kam David nur wie wenige Minuten vor, ehe er einen Mann in einem weißen Kittel erblickte, der ihn auf den Treppen des Eingangsportals mit einem Winken begrüßte. Seiner Uhr zufolge hatte der Fußweg jedoch eine Dreiviertelstunde gedauert.

„Da ist ja unser mysteriöser Raumfahrer", eröffnete Del Piero mit einem süffisanten Lächeln das Gespräch. David musterte sein Gegenüber: Trotz des weißen Vollbarts ging von dem Professor eine ungemeine Vitalität aus. Als er dann gänzlich in sein Gesichtsfeld rückte, wurde David von dessen einnehmender Persönlichkeit völlig in Anspruch genommen.

„Was meinen Sie, wie mysteriös das Ganze erst für mich ist?"

Beide begrüßten sich mit einem Handschlag, dann folgte David Del Piero in das Innere des gigantischen Gebäudes und spazierte mit ihm durch die abgedunkelte Empfangshalle und auf ein paar Lifts zu.

„Ich sehe am Rucksack, dass Sie vorhaben länger zu bleiben?", erkundigte sich Del Piero beiläufig.

„Nur wenn ich erwünscht bin", antwortete David zögernd.

Del Piero hielt eine Chipkarte an eine vor der Lifttür schwebende Mini-Drohne, die nach dem Einlesen wieder abschwirrte.

„Überhaupt kein Problem. Die Unterkünfte für Raumfahrer befinden sich auf der Rückseite des Gebäudes..."

Beide stiegen in den Lift, der sich kurz darauf in Bewegung setzte.

„Nun gut. Ich sag es rund heraus: Wir haben ein Problem."

„Und das wäre?", fragte David überrascht.

„Der Raketenstart wurde vorverlegt und ist zudem nicht mehr sicher. Grund sind gefährliche Ionisierungsstürme zwischen Daphne XI und Novocrest 4."

„Also, was mich angeht, einen Bettler kann man nicht beklauen."

Del Piero musste lachen.

„Das glaube ich Ihnen."

Beide stiegen im fünfzehnten Stock aus. Dort geleitete Del Piero David an künstlichen Blumeninseln vorbei zu einer metallenen Wendeltreppe, die auf eine riesige Dachterrasse führte. Del Piero sah sich angespannt nach allen Seiten um, während David in seine Hemdtasche griff und eine Zigarette herausfischte.

„Rauchen ist hier erlaubt, oder?"

„Ja, ja, kein Problem", antwortete Del Piero ungeduldig.

Die beiden setzten sich auf eine mahagonifarbene Bank in der Mitte der Dachterrasse. Alle möglichen Gedanken kreiselten in Davids Kopf, doch keiner von Ihnen ergab einen Sinn.

„Wieviele Leute kennen Sie, die zu einer Datenbank im All aufbrechen, weil sie ihr Gedächtnis verloren haben?"

„Das ist nicht weiter dramatisch. Sehen Sie, ob Ihnen Ihre Mutter oder Novocrest 4 erzählt, wer Sie sind, das macht nicht wirklich einen Unterschied. Alles, was von draußen herangetragen wird, sind nicht wir selbst.

„Klingt gut. Dennoch bin ich zutiefst beunruhigt."

Der Professor lehnte sich zurück und schwieg. Ein einsamer Vogel landete auf dem Rund einer Satellitenschüssel, während David auffiel, dass absolute Windstille herrschte. Anheimelnde Stille senkte sich über die Dachterrasse, die trotz ihrer Höhe von der im Wüstenboden gespeicherten Tageswärme erreicht wurde. Schließlich brach der Professor das Schweigen, als David seine Zigarette in der künstlichen Erde einer Pflanzeninsel löschte:

„Lassen Sie uns vorerst bei handfesten Tatsachen bleiben. Aufgrund der schweren Kalkulierbarkeit des Flugrisikos zu Novocrest 4 kann der Start in einer Woche sein, es kann aber auch schon morgen losgehen. Fühlen Sie sich mental und körperlich fit?"

„Nein, ich fühle mich wie ein Häufchen Elend. Dennoch habe ich die letzten Wochen an meiner Fitness gearbeitet. Zusammen mit der unbestreitbaren Tatsache, dass ich wohl Raumfahrer bin, hoffe ich, dass das genügt."

Der Professor schmunzelte, während er die Arme zwischen die Beine legte.

„Das führt uns direkt zu Punkt Zwei. Aufgrund der in den letzten Jahren geänderten Raumfahrtstatuten dürfte ich sie gar nicht an Bord der Riviere RX-7 lassen, da Sie in ein schwarzes Loch geflogen sind..."

„Was für neuen Statuten? Besagen die, dass ich gemeingefährlich und unberechenbar geworden bin? Vielleicht war ich das schon immer..."

„Genau meine Meinung. Man kann einen Menschen nicht umpolen. Er kann eingehen, verkümmern, teilnahmslos werden oder vielleicht auch aggressiv – aber all das müsste schon vorher in ihm gewesen sein."

Del Piero entnahm seiner Kitteltasche eine kleine Orangensaftpackung, stöpselte einen Strohhalm in sie ein und trank.

„Wir werden Sie inkognito an Bord schmuggeln müssen. Dafür bräuchten wir eigentlich gefälschte Papiere, auf die wir aber keinen Zugriff haben. Deshalb werden wir Sie als nicht humanes Lebewesen deklarieren. Ein paar Fixierungen am Drohnenscanner dürften reichen..."

„Macht nichts, ich fühle mich soundso wie ein Versuchskaninchen. Professor, warum tun Sie all das für mich?"

Sagen wir einfach, dass ich einem alten Freund etwas schulde..."

„Sie meinen Davenport?"

„Genau."

Ein ungezwungenes Schweigen setzte ein, in dem beide ihren Gedanken nachhingen. Schließlich erhob der Professor sich und bedeutete David mit einem Kopfnicken, ihm zu folgen. Die beiden stiegen wieder die Wendeltreppe herab und begaben sich zurück in den Lift. Unten angekommen, führte Del Piero David durch ein Labyrinth von Gängen, bis sie auf der Rückseite des Gebäudes ins Freie gelangten. David machte in der Ferne ein dreistöckiges Gebäude aus, das von einer künstlich angelegten Wiese eingerahmt war.

„Das wird Ihre Unterkunft für die nächste Zeit sein. Unten ist ein Essens- und Freizeitraum, außerdem eine Küche. Auf der Rückseite finden Sie einen Swimmingpool. Ihr Zimmer liegt im obersten Stock."

Del Piero kramte in seiner Tasche, fischte einen elektronischen Schlüssel heraus und überreichte ihn David, der sich bedankte. Kurz darauf erreichten sie den Haupteingang der Raumfahrerherberge, in der kaum Lichter brannten. Del Piero kramte erneut in seiner Tasche und holte ein Handy hervor.

„Lassen Sie uns noch Nummern austauschen."

David holte sein Handy hervor, entriegelte es und wischte über den ‚X-Scan'-Button. Beide Handys brummten kurz, dann wurden sie von Ihren Besitzern wieder eingesteckt.

„Wenn was ist, egal was, melden Sie sich einfach. Nun gut, ich werde mich über meine restlichen vier Stunden Schlaf hermachen."

„Gute Nacht, Professor", murmelte David, während Del Piero sich bereits zum Gehen gewandt hatte.

David starrte die unheilvoll dunklen, verspielten Plexiglasscheiben des Eingangsbereiches an, hielt schließlich den elektronischen Schlüssel an dessen Magnetspule, woraufhin eine große, schwere Tür klickend aufschwang.

Innen angelangt wanderte David durch den Flur und warf unterwegs einen Blick in einen Raum, in dem ein Mann in einem Sessel sich von einem dreidimensional projizierten Fernsehprogramm berieseln ließ. Müde aber neugierig sah David sich hier und dort um und entdeckte in dem Gebäude, das viel grösser als angenommen ausfiel, einen abgedeckten Tischtennistisch, der vor ein paar unheimlich anmutenden Gemälden stand, bis er schließlich die Küche fand. David verzichtete darauf, das Licht einzuschalten, wendete sich stattdessen zwei mannshohen, nebeneinander stehenden Kühlschränken zu und durchstöberte sie gedankenverloren.

Der Schrei einer überraschten Frau fuhr David plötzlich durch Mark und Bein.

„Hey, wer sind Sie denn?!"

David starrte verdutzt eine Frau in einem beigen Nachthemd an, die ihn misstrauisch von oben bis unten musterte.

„Professor Del Piero hat mich hier untergebracht."

David kramte schnell verlegen in seiner Tasche, holte den elektronischen Schlüssel hervor und hielt ihn der Frau hin.

„Hier, sehen Sie. Ganz ohne Brechstange."

Die Frau vor ihm atmete wieder normal, während sie genervt die Arme vor der Brust verschränkte.

„Das hier ist ein Hotel für Raumfahrer. Was denkt der alte Trottel sich bloß?"

„Ja und? Ich werde auch an Bord der Riviere sein."

Unterdessen gesellte sich der Mann, der andächtig im Sessel das TV-Programm verfolgt hatte, zu den beiden.

„Was ist, gibt es Probleme?"

„Nein, nein. Ich hab mich nur erschrocken, weil..."

Der bärtige Mann winkte gelassen ab.

„Das muss Betoma sein. Del Piero wird ihn mitnehmen. Hat er dir nichts davon erzählt?"

„Nicht, dass ich wüsste..."

Der Mann wendete sich genervt von der Frau ab und hielt stattdessen David erfreut die Hand entgegen, in die David zögernd einschlug.

„Karim Jenson. Raumfahrtmechaniker und Philosoph wider Willen. Und du musst der Mann ohne Gedächtnis sein."

„Leider ja."

„Karin, willst du dich gar nicht vorstellen?"

Karin führte peinlich berührt die Hand an ihr Kinn.

„Doch, doch. Karin Heger."

David und Karin schüttelten sich distanziert die Hände. Normalerweise hätte die Weichheit und Anmut einer Frauenhand Davids volle Aufmerksamkeit in Anspruch genommen, aber die Situation in der Küche war ihm einfach zu unangenehm.

„David Betoma, Kühlschrankplünderer."

Alle drei lachten. Karin wendete sich dem Kühlschrank zu, während Karim David den Arm um die Schulter legte und ihn auf die Rückseite des Gebäudes nach draußen geleitete.

„Ein Swimmingpool bei Nacht hat immer etwas Unheimliches. Trotzdem ist das mein Lieblingsort, wenn ich nicht schlafen kann. Du bist grad erst angekommen, oder?"

David nickte, während er und Karim sich auf einem Liegestuhl in der Nähe des Swimmingpools setzten.

„Ich bin während einer Mission dafür zuständig, dass alle Antriebe und Instrumentenanzeigen reibungslos funktionieren. Falls nicht, bin ich in der Lage sie zu reparieren. Als Raumfahrer weißt du sicher, dass jeder Astronaut dazu in der Lage ist, dennoch habe ich Spezialkenntnisse. Die meiste Zeit jedoch gibt es ehrlich gesagt kaum etwas zu tun. Dann beschäftige ich mit dem Nichts, das jeder Philosoph kennengelernt hat", eröffnete Karim das Gespräch.

„Was soll ich erst sagen?", antwortete David. „Ich lebe im Nichts. Habe weder Familie, Heimat, noch irgendwelche Bekannte oder Freunde."

„Das ist aber grade das, was dich stark macht. Du bist anders. Das wusste ich gleich, als ich dich gesehen habe."

David stützte seufzend sein Kinn auf seine auf den Beinen liegenden Arme. Er überlegte, ob er etwas erwidern sollte, es fiel ihm aber nichts ein.

„Del Piero meinte, dass du ein schwarzes Loch durchflogen hättest. Und zur Novocrest 4 aufbrichst, um herauszufinden wer du bist..."

„Ja, das stimmt."

„Wir haben zurzeit Probleme mit hochfrequenten Ionisierungsfeldern. Jeder Tag kann der Raketenstart sein. Ein herrlicher Zustand."

David konnte, als er die Augen zukniff, eine grüne Vierhundert-Meter-Bahn hinter dem Swimmingpool ausmachen, in dessen Mitte die Umrisse von Fitnessvorrichtungen und Turngeräten auszumachen waren.

„Die Raumfahrt ist wie eine liebende Mutter zu dir. Sie lockt dich mit allerlei Sensationen und unbekümmerter Schwerelosigkeit. Dann ist sie wiederum wie ein strafender Vater, wenn du wieder landest und dich an die harte Erde gewöhnen musst, philosophierte Karim, während er nervös mit seinen Fingern spielte.

„Ich hätte jetzt normalerweise zugestimmt oder widrsprochen, aber ich kann mich einfach nicht an meine Eltern erinnern."

Karim lachte.

„Ich leider nur zu gut. Mögen sie in Frieden ruhen."

„Weißt du, ich habe hier auf diesem Planeten nichts verloren, bin hier nur durch Zufall gelandet. Ich hab früher immer gedacht, dass alle Orte mehr oder weniger austauschbar sind, aber in Wirklichkeit ist rein gar nichts austauschbar."

„Was soll ein Mensch denken, der das erste Mal in einer neuen Stadt studiert oder zum Militär eingezogen wird? Dass alles schlecht ist, nur weil es fremd ist?"

„Du verstehst das nicht. Irgendetwas ist hinter mir her. Ein falscher Schritt und ich stürze in einen Abgrund."

„Ich wünschte, ich wäre an deiner Stelle."

„An deiner Stelle würde ich so etwas nie sagen."

Beide lachten, dann setzte wieder Schweigen ein. Vereinzelt kreischten die Vögel des Morgens, während der in der Nacht purpurne Feuerball der Sonne von Daphne XI allmählich wieder rötlich orange wurde. Karim erhob sich und reckte gähnend die Arme in die Höhe.

„Das Beben des Morgens. Der perfekte Zeitpunkt, um schlafenzugehen."

Die beiden begaben sich wieder ins Haus, dann ließ Karim David in der Küche allein und stiefelte wortlos zu den Treppen. David musste, als er sich den Kühlschränken zuwendete, wieder kurz an die Frau denken. Was hatte Del Piero sich dabei gedacht, nicht alle Raumfahrer über ihn zu informieren? David krallte sich ein Fertiggericht, ein paar Früchtequarks und eine Milchtüte, stöberte dann in einer Anrichte nach Besteck. Als er schließlich alles im Rucksack verstaut hatte, fiel bereits Sonnenlicht in die Küche ein. David verzichtete darauf, sich im menschenleeren Erdgeschoß nochmal umzusehen und eilte stattdessen die Treppen bis in den dritten Stock hinauf.

Nach kurzer Suche fand er im geisterhaft leeren Flur das ihm zugeteilte Zimmer LR-9, in dem er sich umblickte. Ein großer Unterschied zu seiner sterilen Hotelsuite ließ sich zwar nicht ausmachen, dennoch hatte alles einen persönlicheren und herberglicheren Charakter. Nach einem kurzen Blick auf das penibel saubere Bad inspizierte David den voluminösen Balkon, auf dem er einen vollen Überblick über die perfekt gezirkelte Sportanlage hatte, dessen schemenhafte Umrisse er vorhin noch als um Einiges spanneder empfunden hatte. Anschließend dunkelte er die Balkontür mit Rollos ab, erhitzte das Fertiggericht in seinem mobilen Kochtopf und machte sich ausgehungert über das Essen her. Schließlich hüpfte er auf das Bett, lehnte sich an den Bettrahmen und zog die Beine ans Kinn. In diesem einen kurzen Moment war alles im Gleichgewicht, es gab nichts, was man hätte hinzufügen, nichts, was man hätte abziehen müssen. Plötzlich schlug die Welle der Anstrengungen, die es gekostet hatte, bis zu diesem Ort zu gelangen, ein und durchfuhr ihn wie das Pendel einer überdimensionalen Uhr. David legte sich ermattet auf das Bett, während er sich wie ein Ballon fühlte, aus dem die Luft gelassen worden war.

Als er am späten Nachmittag durch ein Klopfen an seiner Tür geweckt wurde, fühlte David sich wie jemand, über den ein tonnenschwerer LKW herübergefahren war. Sein trockener, gereizter Hals ließ ihn schlucken, während er seinen Körper auf die Bettkante manövierte.

„Ja, wer ist da?"

„Ich bins, Karim."

David stand benommen auf und trottete widerwillig zur Tür. Karim begrüßte ihn lächelnd und las an Davids Gesichtsausdruck ab, daß dass der am liebsten noch ewig weitergeschlafen hätte.

„Du siehst aus wie ein zerquetschter Hamster."

„Ich fühl mich, als hätte die Hölle mich ausgespien."

„Ich dachte, ich führ dich ein bisschen herum und stell dir die Leute vor..."

„Ja, ok, ist gut. Wart nur kurz, ich zieh mir was über."

„Du hast doch schon alles an."

„David blickte überrascht an sich herab, während er dachte, dass er Karim die Tür in Unterwäsche geöffnet hatte.

„Tja, dann...", murmelte David abwesend, während er die Tür hinter sich schloss.

Karim und David stiegen die Treppen bis zum Erdgeschoß hinab und gesellten sich im Flur zu zwei Männern, die voll und ganz in einem Kickerduell vertieft waren. Einer von ihnen blickte überrascht hoch, als er David erblickte.

„Das ist David. Er wird mit an Bord sein."

Der andere Duellant sah hoch und musterte David aufmerksam.

„David. Das ist Pare, der andere ist Jessup."

Jessup, der sein blondiertes, lockiges Haar zu einem Pferdeschwanz zusammengebunden hatte, fixierte David aus den Augenhöhlen seines eingefallenen Gesichts, während er ihm die Hand schüttelte. David ging anschließend dazu über, Pares Hand zu schütteln, der sie vorher an seiner Hose abgewischt hatte.

„Sorry, die Stangen sind frisch geölt."

„Besser als zu wenig Öl", entgegnete David, während ihm die Situation unangenehm war.

„Hey, kickerst du?", fragte Pare, dessen kindliche Neugier überhaupt nicht mit seinem bulligen Äußeren im Einklang zu stehen schien.

„Ja, aber das will ich euch nicht antun."

„Zu gut oder zu schlecht?"

„Ungeschlagener Schwergewichtsweltmeister."

Es war David, als könnte er sich von oben sehen, so überrascht war er über seine bestechend klare Erinnerung, die ansonsten nichts Brauchbares ausspuckte. Er musste schmunzeln, als einhelliges Gelächter einsetzte. Dann begab er sich an die Stangen, nachdem Jessup ihm Platz gemacht hatte.

„Von Kurbeln und dergleichen muss ich dir dann nichts erzählen, oder?", eröffnete Pare das Duell, der kurz Davids Nicken abwartete, ehe er hochkonzentriert die Kugel einwarf. Als David die ersten Stöße landete, war es, als ob sein komplettes Bewusstsein in den Kickertisch überwechselte und sich über dessen gesamte Länge verteilte. Er machte sich mit ein paar Testzügen mit dem Tisch vertraut, dann entfesselte er schnell sein ganzes Repertoire und besiegte Pare im Handumdrehen mit einem Feuerwerk an Finten, harten, knochentrockenen Schüssen und traumsicherer Abwehr. Pare schlug zornig erregt auf eine der Stangen und wendete sich dann kopfschüttelnd ab, während Jessup gönnerhaft lächelte. Ein Blick zu Karim verriet ihm, dass dieser sich königlich amüsierte.

„Du hast grade unseren Kickerkönig entmannt. Nimm ihn nicht ernst."

„Heiliges Kanonenrohr", sagte Jessup, als David ihn fragend anblickte. „Tja, gegen mich brauchst du dann gar nicht erst zu spielen."

Jessup zog ehrfurchtsvoll an seiner Zigarette, während er sich mit dem Rücken an die Wand lehnte und die Arme verschränkte.

„Schade, jetzt war ich gerade in Fluss gekommen..."

Karim bedeutete David mit einem Kopfnicken, ihm zu folgen. Er wurde mit einem Mal ernst, als beide durch den Flur und die Küche nach draußen schlenderten:

„Es wird dir bestimmt nicht schmecken, aber ich muss dich hier einfach jedem und allem vorstellen. Da draußen im Weltraum kann der geringste Fehler unser Leben kosten. Aber das weißt du ja bestimmt selber."

Die beiden schlenderten zu einem Mann, der an einem Barren auf der Fitnesswiese akrobatische Übungen vollführte. Als sie ihn erreichten, setzte er abrupt ab, verschränkte die Arme auf dem Barren und stützte keuchend sein Kinn drauf. David musterte sein athletisches Gegenüber, dessen unsteter Blick und bleiche Haut in Verbindung mit dem kurzgeschorenen, rot-blonden Haar ihm besonders auffiel.

„Kasimir, das ist David. Er wird Gast an Bord der Riviere sein. Unser eine Million entfernter Supercomputer soll ihm erzählen, wer er ist."

Kasimir stieg gewandt vom Barren ab, schlug in die Hände um die Kreide an ihnen loszuwerden, wischte dann eine von ihnen am Hinterteil seiner blau-weiß gestreiften Jogginghose ab.

„Ja, ich hab so was läuten hören."

Kasimir und David schüttelten förmlich die Hände.

„Wissenschaftler sagen, dass Menschen, die in ein schwarzes Loch geflogen sind, nicht mehr für die Raumfahrt taugen", sprach Kasimir David an. „Die Wissenschaft hat in neunundneunzig Prozent aller Fälle Recht. Überzeug mich von dem einen Prozent."

David starrte Kasimir überrascht an, er war völlig auf dem falschen Fuß erwischt.

„Ich komme direkt aus einem schwarzen Loch", erwiderte David, „da gibt es keine Prozente. Noch nicht mal für Klugscheißer wie dich."

Kasimir nickte, mehr wie zu sich selbst, wendete sich dann von Karim und David ab und ging zu Lockerungsübungen über. David sah zu Karim, der sich mit letzter Mühe ein Lachen verkniff. Dieser legte David die Hand auf den Rücken und führte ihn sachte weiter.

„Denk dir nichts dabei. Oder sind dir Leute lieber, die dir nach dem Mund reden und dann hinter deinem Rücken über dich herfallen?"

David zündete sich eine Zigarette an, während beide den Swimmingpool erreichten, in dem Karin ihre Runden zog. Als sie David erblickte, setzte sie von ihren Schwimmübungen ab, schob ihre Schwimmbrille nach oben und stützte sich am Beckenrand ab.

„Und, zeigt dir Karim grad alles?", keuchte sie, während sie wegen der einfallenden Sonne blinzeln musste.

„Ja. Von der Sorte Superhelden, der ich grad begegnet bin, tummeln sich in der Raumfahrt leider genügend."

„Du meinst Kasimir, oder? Der fühlt sich nur gut, wenn's irgendwie Streit gibt. Der ist immer so, mach dir nichts daraus."

„Gut zu wissen", sagte David, während er sich die nächste Zigarette anzündete. „Gibt's hier noch mehr von der Sorte?"

„Nein, Typen wie Kasimir gibt's zum Glück nur einmal. Aber der redet, wenn's hochkommt, soundso nur hundert Worte im Jahr."

Karim und David kehrten zum Haus zurück.

„Hey, es gibt gleich Essen", sagte er. „Theodora macht die besten Fleischgerichte. Das sollten wir auf keinen Fall verpassen."

Die beiden passierten eine Tür am Treppengeländer, an dem der Kickertisch stand. Sie führte eine Treppe herab zum Kellergeschoss, in dem sich zwei Männer und eine Frau in einer Ecke des bunt eingerichteten Essenssaales niedergelassen hatten. Karim marschierte mit David auf sie zu und rückte zusätzliche Stühle an den Tisch.

„Ich mach's kurz. Das ist David, er wird bei der Reise dabei sein. David, das ist Latea, Anthropologin und Informatikerin. Der Freak neben ihr hört auf den Namen Jimmy. Er ist Geologe, Physiker und Mädchen für alles..."

„Ja, du mich auch", entgegnete Jimmy, während er gelangweilt in seiner Suppe herumlöffelte.

„...und dann haben wir hier noch Dante. Was er an Bord will, ist mir noch schleierhaft, da er eigentlich keine besonderen Begabungen hat."

Dante, dessen jungenhaftes, hübsches Äußere mit seiner zerschlissenen Kleidung perfekt kontrastierte, lachte laut auf.

„Glaub diesem Komiker kein Wort. Er ist derjenige, der die meiste Zeit Däumchen dreht. Und noch so manch andere Sache."

David schüttelte höflich die Hände der Vorgestellten und setzte sich dann leicht desorientiert hin. Latea musterte ihn neugierig hinter ihrer dicken Hornbrille und durchbrach dann das zwanghafte Schweigen.

„Möchtest du, dass wir dir an Bord der Riviere irgendeine Aufgabe übertragen? Du wirst dich sonst wie das fünfte Rad am Wagen fühlen."

„Tja, wenn's sein muss", antwortete David ehrlich.

Alle lachten.

„Ich bin ehrlich gesagt zurzeit auf der Suche nach mir selbst. Ich weiß nicht, woher ich komme, noch wohin ich gehe. Da ist es vollkommen gleich, ob ich etwas zu tun habe oder nicht."

„Sind wir das nicht alle?", sagte Dante ironisch, der mit der Gabel in seinem Essen herumstocherte und es dann beiseite schob. „Wer soll das bloß essen. Ich bestimmt nicht."

„Na, dann schieb rüber. Zebrakotelettes gibts nicht alle Tage", forderte Latea Dante auf, der sich entnervt zurückgelehnt hatte. Dante beugte sich wieder über das Essen, streute pikiert Salz und Pfeffer auf sein Kotelett und legte es dann mit der Gabel über Lateas Fleischstück.

„Ich präsentiere den Zebra Double Burger. Garantiert frei von Streifen und sonstigen Nebenwirkungen. Schade, dass kein Brot herumliegt."

David blickte auf zu Karim, der sich erhob und zu einer Durchreiche am anderen Ende des Essenssaals marschierte.

„Wie ist das eigentlich in ein schwarzes Loch zu fliegen? Wir haben zurzeit Drohnen ausgesendet, die Energie von kleineren schwarzen Löchern abziehen..."

Latea stupste Jimmy in die Seite.

„Hey, das ist nicht offiziell. So was darfst doch nicht jedem erzählen!", wies sie Jimmy zurecht, der sie verblüfft anguckte.

„Wieso nicht? Er hier wird sich doch morgen soundso nicht mehr dran erinnern können..."

„Ganz so schlimm ist es nicht", unterbrach David Jimmy. „Ich kann mich nur an nichts mehr erinnern, was vor dem schwarzen Loch passiert ist."

„Naja, ich sags dir jetzt trotzdem. Wir nutzen die Energie von den verflixten Dingern für die Teilchenbeschleuniger unseres Raketenantriebs. Ich weiß nicht, inwieweit du dich mit sowas auskennst..."

„Gut genug. Logische Sachen sind nach wie vor in meinem Gedächtnis verankert. Nur an Personen und Orte erinnere ich mich nicht mehr..."

„Was bist du bloß für ein Mensch?!", fuhr Dante auf, nur um gleich wieder apathisch an der Stuhllehne zu lehnen und entnervt wegzuschauen.

Dessen Bemerkung hatte David völlig überrascht, es ließ sich aber dem engelsgleichen, jungen Rebell nicht entnehmen, ob er es ernst gemeint hatte oder nicht. Karim kehrte mit zwei Tabletts mit dampfenden Essen zurück und stellte eines vor David, der ihm mit einem Kopfnicken dankte.

„Was ist denn hier los, Totenstille?", fragte Karim mit vollem Mund.

„Na, ich wollte von David wissen, wie es im schwarzen Loch war. Stattdessen ist er selbst in eines gefallen", antwortete Dante.

„Ich kann's dir nicht sagen, höchstens umschreiben. Du wachst auf und weißt nicht mehr, wer du bist oder wie du heißt. Du bist dir nicht mehr sicher, ob es dich wirklich gibt oder nicht. Ich hätte mich sicher länger mit diesem Phänomen auseinandergesetzt, aber ich befand mich da leider schon im Anflug auf einen unbekannten Planeten.

„Heißt das, du bist nicht von diesem Planetensystem?", erkundigte sich Latea aufgeregt.

„Nein, ich hab nachschlagen müssen, wie dieser hier heißt."

„Latea will einen Schlag nach, David muss nachschlagen. Daraus lässt sich etwas machen", streute Dante ein, dessen Gesichtszüge stets das Gegenteil eines Lächelns widergaben.

„Mach dir nichts aus Dante. Der ist nur so verbittert, weil er Psychologie studieren musste", wandte Latea sich an David, der sich über das köstliche Essen hermachte.

„Das wär ich auch, wenn mir jemand erzählt hätte, wer meine Mutter und mein Vater sind", sagte Jimmy, der wenige Augenblicke später überrascht zur Seite blickte. „Holla, wir bekommen hohen Besuch!"

Jimmy nickte in Richtung von Del Piero, der in Richtung des Tisches marschierte, woraufhin sich alle überrascht umwandten.

„Jungs, Mädels, es geht los!", sagte der Professor keuchend.

„Was?!", fiel Dante aus allen Wolken. „Meine Sonnencreme ist noch nicht eingezogen."

„Einer unserer Jungs von der Fernanalyse hat endlich eine vernünftige Wahrscheinlichkeitsformel für das Auftauchen dieser verdammten Ionisierungsinterferenzen gefunden", fuhr Del Piero hastig fort. „Seiner Berechnung zufolge haben wir ein Startzeitfenster von T minus 5 Stunden für heute. Das heißt, ihr habt genau eine Stunde, bevor es in den Flugbus nach Lomari geht. Irgendwelche Fragen?"

„Ja!", meldete sich Jimmy zu Wort. „Basiert die Formel auf den alten oder neuen Logarithmen nach Fedorrsen?"

„Sowohl als auch. Ich habe es stundenlang durchgerechnet, es trifft zwar nur auf die Umgebung von Daphne Xi zu, aber dafür aber zu beinah hundert Prozent".

„Moment. Heißt das, die Interferenzen tauchen planetenbezogen in unterschiedlichen Intervallen auf?"

„Genau. Ich habe die Formel kurz mit Daten von Panel und Radex X abgeglichen, da sie die uns nächsten Planeten sind. Es lassen sich aus ihr durchaus Derivate mit über neunzigprozentigen Wahrscheinlichkeiten herstellen, auch wenn jede Menge Variablen geändert werden müssen."

Jimmy lehnte sich zurück, während die Anspannung in seinem Gesicht sich aufzulösen schien.

„Na, dann bin ich ja beruhigt."

„Sonst noch irgendetwas?", erkundigte sich der Professor, dessen Atem wieder gleichmäßig ging. „Ich weiß, ihr denkt, was will der alte Knacker hier? Er hätte doch genausogut anrufen können."

Latea blickte peinlich berührt zur Seite, während Karim hastig sein Essen in sich hineinschaufelte.

„Ich bin hier, weil ich euch daran erinnern wollte, dass Raumfahrt etwas Persönliches ist. Es ist vielleicht das Persönlichste was es gibt, obwohl man es dabei rund um die Uhr mit moderner High Tech zu tun hat. Wenn man sich nicht blind auf den anderen verlassen kann und ihn nicht hundertprozentig versteht, ist man Spielball der Gewalten. Und das ist das traurigste, was einem modernen Menschen passieren kann."

„Ist das nicht eine Spur zu melodramatisch, Professor?", warf Jimmy ein.

„Vielleicht. Wir haben zur Zeit mehr schwarze Löcher zur Energieumwandlung zur Auswahl, als wir anfliegen können. Vielleicht auch nicht."

Der Professor ging wieder und hinterließ ein bedrücktes Schweigen in der Raumfahrerrunde.

„Na, kommt Jungs", sagte Dante. „Über neunzig Prozent aller Unfälle passieren im Haushalt. Für die restlichen zehn Prozent sind Jesus, Maria und vor allem wir selbst zuständig. An mir soll's jedenfalls nicht scheitern."

„Rein mathematisch gesehen werden wir Versuchskaninchen für die Fernanalytiker spielen. Wir schmeckt das ganze überhaupt nicht", entgegnete Jimmy, der aufstand und seinen Stuhl an den Tisch rückte.

„Hey, wir haben jemanden an Bord, der schonmal in einem schwarzen Loch war. Besser gehts doch nicht", warf Karim gelassen ein, während Latea sich erhob und auf die Uhr blickte.

„Wer sagt Kasimir, Pare und Jessup Bescheid?", fragte sie ins Rund.

„Das mache ich", sagte Dante entspannt. „Ich hab soundso nicht viel Zeug."

Alle erhoben sich, verließen den Tisch, steuerten auf die Treppe zu und zerstreuten sich dann im Erdgeschoss. David, der sich beeilte zu seinem Zimmer im dritten Stock zu kommen, konnte sein Glück nicht fassen, gleich durchstarten zu können, nachdem er sich schon auf eine zermürbende Warterei eingestellt hatte. Die Reise zu Novocrest 4 erschien ihm zwar nicht weniger gefährlich als alles andere, was er bis jetzt getan hatte, dennoch sehnte er sich insgeheim nach einem Fleckchen Erde, auf das er sich zurückziehen konnte, wo er ganz und gar sein konnte.

9

Im Herbergszimmer angekommen, packte David rasch zusammen, schulterte den Rucksack und steuerte dann durch den Eingang auf den vor ihm wartenden Flugbus zu und verstaute sein Gepäck. Als er sich eine Zigarette anzünden wollte, wurde er durch Karins Stimme hinter ihm überrascht.

„Hey, kann ich auch eine haben?"

David reichte ihr seine Packung ‚High Five' hin und zündete dann ihre Zigarette an.

„Du hast es aber, dich von hinten anzuschleichen."

David und Karin machten weiteren Raumfahrern Platz, die mit mal mehr, mal weniger Gepäck auf den Bus zumarschierten.

„Tut mir leid."

„Für was bist du eigentlich zuständig?", erkundigte David sich, nur um irgendetwas zu sagen.

„Ich bin Kommunikationsexpertin. Ich sorge für den reibungslosen Ablauf des Datenabgleichs von Novocrest 4 mit anderen Planeten. Außerdem bin ich die Assistentin des Professors und kümmere mich um alles, wofür er keine Zeit hat."

„Ah, ok. Sind zehn Mann nicht ein bisschen viel für so eine Mission?"

„Naja, genaugenommen sind wir acht. Du zählst nicht und Kasimir ist von einer anderen Raumfahrtbehörde."

„Was macht er hier?"

Ein strenger Wind zerzauste Karins Haare, die sie sich nur notdürftig wieder zurechtrückte.

„Wir kooperieren mit anderen Behörden, um unsere Leistung zu optimieren. Mittlerweile kochen viele ihr eigenes Süppchen, da alles sehr planetenspezifisch gehandhabt wird und die technologischen Möglichkeiten zu unübersichtlich geworden sind. Jeder lernt vom anderen, so läuft das am besten."

„Dann habt ihr ja einen besonders kommunikativen Typen erwischt."

„Du und Kasimir, Ihr mögt euch nicht besonders, oder?"

„Ist wie mit Rottweilern, Liebe auf den ersten Blick. Naja, was geht's mich an? Als bloßer Passagier werd ich die meiste Zeit ohnehin nur Däumchen drehen."

„Stimmt es, dass die Drohnen dich als Versuchstier zuordnen werden?"

David blickte Karin überrascht an, die sich ein Lächeln verkneifen musste.

„Stimmt", hatte ich ja völlig vergessen. „Peinlich, oder?"

„Wieso? Kein biologisches Lebewesen steht über dem anderen."

„Also, ich habe noch kein Kaninchen gesehen, das aufrecht an einer Theke lehnt und sich nach den neuesten Büchern erkundigt..."

Beide lachten rundheraus, wurden dann jedoch durch den Professor abgelenkt, der hinter dem Bus auftauchte. Karin machte eine entschuldigende Geste und beeilte sich, dem Professor entgegenzulaufen. David dehnte und streckte sich kurz und entschloss sich, einzusteigen, um dem eisigen Wind zu entkommen. Innen angelangt, schritt er an Kasimir zu seiner Rechten vorbei, der demonstrativ wegschaute und steuerte dann den hintersten Sitz an, da er niemandem zur Last fallen wollte.

„Hey, was sind das für Manieren?", vernahm er überrascht hinter sich. David wandte sich zu Latea um, da er sie nicht gesehen hatte. Ohne die dicke Hornbrille sieht sie bezaubernd aus, war das erste, was David in den Sinn kam. Beinahe willenlos ließ er sich auf den Sitz neben ihr fallen, während er die Hände in den Schoß legte und zu Boden starrte.

„Tschuldige, hab dich nicht gesehen."

„Ich hab nochmal über deine Anwesenheit an Bord der Riviere nachgedacht...", sagte Latea nach einem kurzen Schweigen.

„Ja, und?"

„Du lässt dir von Novocrest mitteilen, woher du kommst und dann reist du wahrscheinlich dorthin, oder?"

„Ja, das trifft es ganz gut."

„Ist das nicht irgendwie unheimlich?"

„Mehr als das. Aber ich habe keine andere Wahl."

Die beiden wurden durch ein Rucken im Flugbus unterbrochen, der unvermittelt abhob, während ein monotones Signal ertönte.

„Verehrte Passagiere, bitte achten Sie auf etwaiges Essen und Getränke, während der Bus abhebt. Verfluchte Scheiße!", hörte David Dante hinter sich fluchen.

„Hätte dir der Bordcomputer deines Raumschiffes das nicht einfach sagen können?", fuhr Latea fort.

„Ja, aber der war auch im schwarzen Loch."

Latea unterdrückte ein Kichern.

„Klar, aber so etwas ändert doch nichts an elektronischen Schaltkreisen..."

David warf einen kurzen Seitenblick aus dem Fenster, als der Flugbus mit halsbrecherischer Geschwindigkeit durch ein enges Gebirgstal flog.

„Naja, doch. Das Wann und Wo der Menschen, die die Daten in den Computer eingegeben hat sich geändert. Letztendlich hat sich alles geändert und auf die Daten ist kein Verlass."

„Sind das nicht so etwas wie unveränderliche Stammdaten?"

„Der Computer hat mir selbst mitgeteilt, dass er es nicht logisch herleiten kann, von wo aus die Reise losging und was passiert ist. Außerdem liegt er mittlerweile geflutet auf dem Grund eines siebenhundert Meter tiefen Sees und ist Eigentum der hiesigen Polizei."

„Eine Notlandung auf einem See. Großer Gott!"

„Das habe ich auch gedacht, als ich einen defekten Relaisdoppler ausgetauscht habe, während Daphne XI auf mich zuflog. Ich hoffe nur, uns bleibt bei diesem Raumflug ähnliches erspart."

David lehnte sich im Bussitz zurück und hatte nichts mehr zu sagen. Stattdessen musterte er die Fahrgäste vor sich; jeder schien in seine eigene Welt vertieft zu sein, hochkonzentriert und tief in Gedanken versunken. David erinnerte sich nur zu gut an die Last, die es bedeutete, die volle Verantwortung für das Gelingen einer Raumfahrtmission zu tragen. Dieses Mal war er fein raus und würde nur Passagier und stiller Beobachter sein; er sah sich allerdings schon aufgrund der vielen Ecken und Kanten der Personen an Bord hier und da vermittelnd eingreifen.

Die nächste Stunde verbrachte David damit, die imposante Landschaft mit ihren mannigfaltigen, das Sonnenlicht reflektierenden Gebirgsformationen, den irisierenden, windgepeitschten Wolkenbänken und der ständig wechselnden Vegetation zu bewundern. Schließlich sah er sich gezwungen, etwas zu sagen.

„Welche Jahreszeit ist eigentlich?, war das erste, was ihm einfiel.

„Herbst", antwortete Latea, die kurz davor gewesen war, einzunicken. „Hier gibt es fünf Jahreszeiten. Den kalten und den warmen Winter, dann Frühling, Sommer und Herbst. Im kalten und warmen Winter gibt es keine Vegetation."

„Herbst? Ok. Hatte ich mir fast gedacht."

David blickte auf die Uhr, konnte kaum glauben, dass schon eine Stunde verstrichen war.

„Dauert es noch lange? Wieso ist die Raketenrampe so weit von der Raumfahrtstation entfernt?"

„Gute Frage. Manche sagen, es hat mit Grundstückrechten zu tun, andere behaupten, die geologischen Bedingungen sind geeigneter für einen Raketenstart..."

„Grundstücksrechte? In dieser Einöde? Und was glaubst du?"

„Keines von beiden. Ich glaube es ist ein psychologischer Kniff von Del Piero. Ein kleiner Vorgeschmack auf die unendlich lange Reise, die vor einem liegt."

„Das klingt am einleuchtendsten", lenkte David ein, der sich mental auf den aufreibenden Raketenstart einzustellen versuchte.

„Nicht wahr?"

Der Flugbus machte eine abrupte Wendung und hielt vor einer Reihe bewaffneter Drohnen, die an den Fenstern entlangglitten und die Passagiere einscannten.

„Musst du dich jetzt wie ein Tier verhalten?", kicherte Latea, die wie alle anderen ihre Identifikationskarte an das Fenster hielt.

David imitierte gekonnt einen Männchen machenden Hamster, was Latea nur noch lauter kichern ließ. Als die scannende Drohne David erreichte, verharrte er regungslos, genau wie der Professor es ihm aufgetragen hatte. Die Drohne scannte ihn kurz und flog dann weiter.

„Ich bin's, Drohne. Deine große Liebe", vernahm David Dantes Stimme hinter sich, woraufhin Kasimir kurz laut auflachte.

Der Flugbus setzte sich schließlich wieder in Bewegung, während die Rakete gleich einem winzigen, aufrecht stehenden Bleistift in Sichtweite rückte.

„Was hat es eigentlich mit euren Teilchenbeschleunigern auf sich? Warum füttert ihr sie mit Energien aus schwarzen Löchern?"

„Das ist jetzt zu kompliziert, um es zu erklären. Kurz gesagt: Diese Löcher haben eine seltene Energie, die sonst nirgends zu finden ist. Durch sie gleitet man schneller durch Zeit und Raum. Es ist, als ob man unsichtbare Seilzüge benutzen würde..."

Latea stockte kurz, während sie nach vorne blickte.

„Tu mir einen Gefallen und erzähl ihm hier..." — Latea deutete mit dem Kinn nach vorne in Richtung Kasimir — „...nichts davon. Und erwähn nichts in der Richtung, wenn er in der Nähe ist."

„Kein Problem."

Der Flugbus flog gemächlich auf die Rakete zu, dessen überdimensionale Proportionen immer offensichtlicher wurden. Schließlich schwebte er nach unten und landete vor einer riesigen, mobilen Kabine. David wusste, was ihn erwartete: Umkleiden und ein letzter Gesundheitscheck durch medizinische Drohnen. Als er ausstieg, schlug ihm heißer, staubiger Wind entgegen, so dass er unvermittelt husten musste.

„Das fängt ja gut an", hörte er Del Piero hinter sich, der zu ihm aufschloss.

„Ist nur der Wind...", entgenete David, während er die Hand vom Mund nahm.

„Oder das himmlische Kind. Und, fühlen Sie sich bereit Ihrem anderen, vorgestellten Ich in den Untiefen des Weltalls entgegenzutreten?"

„Sehr poetisch, Professor. Sie wissen, daß ich nur weg von hier will. Aber vielleicht wollte ich das schon immer."

In der Kabine angelangt, bog der Doktor zu einem medizinischen Labor ab, während David den restlichen Raumfahrern in einen Aufenthaltsraum folgte, der außer grünen Hartschalensitzen und orangenen Kacheln nur mit einer elektronischen Anzeigetafel ausgestattet war. „Kasimir Bellini", las David von ihr ab, während er sich irgendwo in die Mitte des Raumes setzte. Pare steuerte auf ihn zu, als er ihn erblickte, setzte sich neben ihn.

„Sorry", raunte er, während er an ihm vorbeistarrte, „Ich habe heut' Mittag ganz meine Manieren vergessen. Normalerweise freue ich mich über jeden, von dem ich noch was lernen kann..."

„Ist schon, ok. So ist's nun mal im Sport", fiel ihm David beschwichtigend ins Wort „Manchmal kommt nur ein Spiel heraus, bei dem man wütend den Schläger wegwirft."

„Ja, so in etwa könnte man es zusammenfassen."

David und Pare blickten zur Anzeigetafel auf, auf dem klingelnd der nächste Name eingeblendet wurde: „Jessup Himas", leuchtete auf. Die beiden entspannten sich wieder. Sie wussten nur zu gut, dass nichts unfaireres passieren konnte, als kurz vor Raketenstart eine Absage wegen irgendeines Virus zu bekommen — völlig abgesehen von dem allgemein beunruhigenden Charakter medizinischer Checks. Ein Name nach dem anderen wurde eingeblendet, bis Pare schließlich an der Reihe war, der sich schnaufend erhob.

Wenigstens muss ich nicht mehr auf die Anzeigetafel starren, dachte David gelangweilt und begab sich kurzerhand in den Flur und lehnte dort mit verschränkten Armen an einer der Wände. Als er Pare aus dem Labor heraustreten sah, wartete David noch das Klingeln der Leuchttafel ab, bis er sich in Bewegung setzte.

Als David schließlich das Labor betrat, beschlichen ihn allerlei mulmige Gefühle. Er war der letzte, der auf die Mission verzichten konnte, wusste aber nur zu gut, dass selbst der geringste Krankheitserreger eine komplette Crew lahmlegen konnte.

„Bitte hinlegen!", überraschte Del Piero David, als er aus einer Seitenkabine heraustrat. David steuerte auf die Liege auf einer Empore in der Mitte des geräumigen Labors zu, legte sich flach hin und schloss die Augen. Dann vernahm er einmal mehr das Surren medizinischer Drohnen und deren leise piepende Geräusche. Diesmal erinnerten sie ihn an Mücken und glichen einem peinigenden Alptraum, den man nicht loswird.

„Das war's schon. Bitte umkleiden."

Rasch erhob David sich undgesellte sich zu Del Piero, der sich über eine Reihe von Kontrollmonitoren beugte.

„Nix Besonderes, oder?"

„Bis auf das Hanfbier, dass sie vor zwei Wochen getrunken haben, nein", erwiderte der Professor.

„Ach deshalb... Na gut, bin schon weg."

Auf dem Flur zu den Umkleidekabinen kamen David Karim und Jessup in voller Raumfahrermontur entgegen. Karim klopfte demonstrativ auf seinen Helm, als er David erblickte, was so etwas wie das Zeichen für Glück war. Jessup passte den Moment ab und klopfte ebenfalls auf Karims Helm. David passierte die beiden feixenden Astronauten und öffnete die Tür zur Umkleidekabine. Als er sich in dem großen Raum voller Raumanzüge, Helme, umhergeworfener Kleidung und kleinen Rucksäcken und Täschchen umsah, ergatterte er durch einen Türspalt hindurch einen Blick in den angrenzenden Duschraum, wo sich Latea duschte. Der Anblick der nackten Frau warf David beinahe um, es war, als hatte er noch nie so etwas Schönes gesehen. Überhastet schritt er weiter, um nicht bemerkt zu werden, griff sich einen an der Wand befestigten Astronautenanzug und Helm und zog sich aus. Die Vorschriften für das Anlegen des Anzugs waren bei einem Raketenstart um einiges strenger als im All oder bei einer Landung, weshalb er peinlich genau auf alles achtgab. Wie schon im Warteraum zuvor, erhob er sich als letzter und begab sich schließlich nach draußen zu einer Railwaybahn, in der die übrigen Besatzungsmitglieder bereits ungeduldig warteten. Kaum hatte sich die Tür hinter ihm geschlossen, setzte die Bahn sich in Bewegung und fuhr in einen in der Raketenstartrampe eingelassenen Lift, der sich nach kurzem Warten in Bewegung setzte.

Oben angekommen, drehte sich die im Boden eingelassene Gleisweiche unter der Bahn, bis sie einrastete und die Türen sich öffneten. David strömte mit der restlichen Crew aus der staubigen Railwaybahn, die sich im Sonnenlicht aufgeheizt hatte, und schlenderte leicht benommen durch eine windgepeitschte, gummiartige Schleuse. Dem Einstieg in die Riviere RX-7 folgte kurz darauf der konzentrierte Abstieg durch eine lange Leiter ins Raketeninnere. David sah sich erstaunt in der sternförmig angeordneten Abteilung der für Astronauten vorhergesehenen Räume um, während um ihn herum hektische Betriebsamkeit herrschte. Falls David etwas an der Raumfahrt geliebt hatte, dann war es, dass jeder wusste, was zu tun war — es gab kein Murren, kein Klagen, nur höchste Konzentration und Motivation. Doch jetzt, da er nicht mehr mitmachen konnte, nicht mehr Teil des Ganzen war, kam ihm seine frühere Überzeugung nur noch wie eine bloße Hülse vor, die auch nichts anderes widerspiegelte, als dass überhaupt etwas getan wird. David wusste, dass der Raketenstart den bei weitem gefährlichsten Teil einer Raumfahrtmission darstellte, deshalb begab er sich zu seiner Kabine, da er niemanden stören wollte. Die ihm zugewiesene Kabine sollte laut Del Piero im Gegensatz zu den anderen an einer leeren Namensschildhalterung zu erkennen sein, und genau so verhielt es sich auch.

Im geräumigen Innern der Kabine, in dessen Boden und Wänden überall kleine gelben Leuchten eingelassen waren, sah David sich angespannt um. Es gab einen im Boden eingelassenen Tisch mit Stuhl und sogar eine Toilette mit Duschkabine. Als David feststellte, dass nur eine Hartschaummatratze im Boden eingelassen war, jubilierte er, da er nichts weniger mochte, als das gezwungene Zusammensein mit fremden Personen, ganz abgesehen von der vielen Schnarcherei. Aufgeregt zurrte David seinen Rucksack mit einem Gurt an der Wand fest, begab sich dann in voller Montur auf die Matratze und betete innerlich. Nichts war unnatürlicher als auf einem gigantischen Feuerball, auf meterhohen Treibstofftanks rasend schnell ins All geschleudert zu werden — dahingehend hatte sich in den letzten tausend Jahren leider nichts geändert. Ein Blick auf die im Ärmel seines Raumfahrtzuges eingelassene Uhr machte David nur noch nervöser. T minus fünf hatte Del Piero durchgegeben, also würde die Rakete 5 Stunden nach dem dramatischen Auftritt des Professors im Essenssaal abheben. David rechnete kurz durch, während um ihn herum Echos von hastig durchgegebenen Kommandos durch den Flur hallten. Dann musste er kurz von seinen Berechnungen absetzen, zu adrenalinschwanger war die angeheizte Atmosphäre um ihn herum, zu ungewiss lastete seine Zukunft auf ihm. Ohne es zu wollen, fiel er in einen schon fast komatösen, tiefen Schlaf. Hätte ich gestanden, hätte es mir einfach die Kerzen ausgeblasen, waren seine letzten Gedanken, bevor ihn das leere von Sternen erfüllte Nichts des Weltalls wie eine Traumlandschaft erschien. Er interpretierte es als Warnung vor einer sich überlappenden Realität, vor einer Wahrheit, die einem nur erzählt wird. Dann löste sich alles in köstlichen Frieden auf.

10

Ein Rütteln an den Schultern veranlasste David seine Augen zu öffnen.

„Ja, was ist?", hustete David durch den Helm, während er einem besorgten Karim in die Augen sah.

„Was los ist? Ich versuch dich schon seit mehreren Minuten zu wecken. Das ist los!"

„Wieso? Steht der Start bevor?"

Karim ließ plötzlich von ihm ab, während er sich vor Lachen schüttelte. David setzte sich verdutzt auf der Bettkante auf.

„Der Start ist schon lange vorbei, die Raketenstufen längst abgetrennt."

„Was?!"

David stand ungläubig auf und fasste sich dann mit den Armen um den mit einem Mal schmerzenden Magen. Karim eilte auf ihn zu, und stützte ihn vorsichtig.

„Ich glaub, ich muss kotzen. Schaffs nicht mehr bis zum Klo..."

„Kotz dich ruhig aus, ist eh alles zum kotzen."

David wollte etwas sagen, doch seine Rippen schmerzten zu sehr. Er schubste Karim zur Seite, testete sein Gleichgewicht und winkte schließlich ab.

„Herzlichen Glückwunsch zum nachträglichen Raketenstart", sagte Karim, der erschöpft an der Kabinenwand lehnte. „Ist, glaub ich, noch nicht getestet worden. Außer in den Science Fiction-Filmen, wo die Crew im Voraus eingefroren wird."

„Wie schaut's aus? Irgendwelche Probleme?", erkundigte sich David, der sich wieder gefangen hatte.

„Bis auf Dante und Kasimir, die sich an die Gurgel gegangen sind, nichts Erwähnenswertes, nein. Alle Parameter nominell zum Profi, die Novocrest kann kommen."

„Ausgezeichnet. Naja, ich hab mich nicht grad mit Ruhm bekleckert", murmelte David, der sich langsam auf den Stuhl setzte und sich anschließend seines Helmes entledigte.

„Musst du als offizielles Versuchstier auch nicht. Pack erst mal aus, dann folg mir zum Aufenthaltsraum. Ich und Latea haben ihn vor zwei Monaten mit allerlei möglichem Freizeit-Schnickschnack ausgestattet."

David nickte müde, während Karim kopfschüttelnd seine Kabine verließ. Er fasste sich in den Mund, fand aber diesmal kein Blut vor. Stattdessen war er sein Mund so trocken, dass er sich anfühlte, als würde er bald einreißen. Hastig begab sich David ins Bad, hielt seinen Kopf unter den Wasserhahn und stürzte das köstlichste und erquickendste Wasser herunter, das er jemals getrunken hatte. Nachdem er sich an dem kühlen Wasser gelabt hatte, fühlte er sich ähnlich beschwingt wie nach einem guten Glas Wein. Als er aus dem Bad trat und sich erneut setzte, beschlich ihn plötzlich ungewohnte Einsamkeit. David verzichtete deshalb auf das Auspacken, verließ seine Kabine und mischte sich unter die Crew.

Am nächsten Tag folgte David Karim in den tiefsten Punkt des Raumschiffs zu den Maschinenräumen, da man dort ungestört rauchen konnte.

„Hier kennst du jede Schraube und jeden Winkel, oder?"

„So in etwa. Aber bestimmt nicht alles, vieles ist repetitiv."

Karim und David passierten eine große Brücke, unter der eine Reihe von Protonenfiltern violett glühten, bestiegen dann eine Leiter und kamen auf einer Art Zwischendeck heraus, das nur anderthalb Meter hoch war und in dem sich Karim häuslich niedergelassen hatte. Beide krabbelten zu den Matratzen in der Ecke, setzten sich dann auf sie und lehnten mit dem Rücken an die mit Kissen ausgedeckte Wand.

„Was findest du bloß an diesem Krabbelzirkus?"

„Der einzige Bereich im Schiff, der nicht videoüberwacht ist", erwiderte Karim augenzwinkernd. „Oder möchtest du rund um die Uhr in die Kamera lächeln?"

„Ich hab seinerzeit mit einer Videoschleife für Entspannung gesorgt...", entgegnete David nüchtern, während er unter einem Stapel Büchern eine Spielzeugpistole entdeckte.

„Echt? Das funktioniert?"

„Ja, ist aber teuer und riskant."

David schoss mit der Pistole auf die Wand neben ihm, an der der Saugnapf des verschossenen Plastikpfeiles aber nicht haften blieb. Das tun sie nie, dachte David, während er sich in die Kissen kuschelte und die erste Zigarette des Tages gönnte.

„Naja, der Raum hier hat auch symbolischen Charakter. Vielleicht steigst du irgendwann dahinter."

„Gibt es so ein Zwischendeck in jedem Raumschiff?

„Nein, normalerweise habe ich nur eine Hängematte. Was hat Del Piero zu deiner Tiefschlafnummer gesagt?"

„Nichts. Er meinte nur, wer schläft, tut nichts falsches."

„Hast du es sonst noch jemandem erzählt?"

„Nein, ist mir zu peinlich."

David stöberte lustlos durch ein paar Bücher, nachdem er seine Zigarette in einer umgebauten Konservendose ausgedrückt hatte.

„Wieso steht der eigentlich hier? Du rauchst doch nicht."

„Doch. gelengtlich."

David sah erstaunt hoch.

„Welche Marke?"

„Marke Eigenbau."

„Du baust Tabak an?", fragte David verwirrt.

„Nein, anderes Zeug."

„Was, du willst mir erzählen, dass du hier unten kiffst?!"

„Wieso nicht?", antwortete Karim ausweichend. „In extremen Stressituationen ist es sogar von Vorteil, wenn man mehr nach innen geht. Die viele Zeit der verbleibenden neunundneunzig Prozent wird außerdem gut ausgefüllt."

„Ich könnte dann nicht mehr lesen", bemerkte David, der mit einem Kopfnicken auf die unglaubliche Ansammlung von Büchern deutete, die kreuz und quer über den Raum verteilt lagen.

„Schwer zu sagen. Man darf die Worte nicht so ernst nehmen. Manchmal ergeben sie auch gar keinen Sinn. Dann wiederum sind sie magische Türen, die sich öffnen und Eines ums Andere fügt sich zusammen."

„Ich hab grad eins von den Büchern dabei, das überhaupt keinen Sinn ergibt. Außer, daß ein Buchhändler in Division 9 es mir mit der Bemerkung in die Tüte gepackt hat, dass es genau das richtige für eine lange Reise sei."

„Wie lautet der Titel?"

„Die Tränen der weißen Statue."

„Hmmm…"

Karim versank in andächtiges Schweigen, während David, der dessen Marotte mittlerweile schon kannte, sich wieder auf sich selbst konzentrierte.

„Wo ist denn der Unterschied zu den Büchern, die hier herumliegen?", verscheuchte Karim nach einer langen Redepause Davids aufkommende, düstere Gedanken.

„Na, dass sie dir gehören."

„Sie gehören mir nicht. Ich hab sie nicht geschrieben."

„Na, dann gibts wohl keinen."

„Exakt. Genau dieser Gedanke wird dich irgendwann weiterbringen. Aber nicht jetzt."

„Ich glaube, ich weiß worauf du hinauswillst. So funktionieren Bücher."

„Nicht nur Bücher, vieles andere auch", während er sich zurücklehnte und seine Beine ausstreckte.

„Naja, im Web kann ich endlos lesen. Aber Bücher sind mir zu unzugänglich."

„Sie sind einschüchternd. Und man sollte Respekt vor ihnen haben."

Damit endete die Diskussion, während David an die nackte, duschende Latea denken musste. Karim schnappte sich unterdessen ein Kochbuch, blätterte darin und schrieb dann ein Rezept ab. David wollte etwas sagen, nur um einfach irgendetwas zu sagen, wusste aber, dass Karim dafür viel zu feine Antennen hatte und sich einfach dumm stellen würde. Er überlegte, ob er den Gemeinschaftsraum aufsuchen sollte, die momentan gereizte Stimmung innerhalb der Crew hielt ihn jedoch davon ab.

„Wir haben zu viele Egozentriker an Bord, das kann auf Dauer nicht gutgehen. Zum Glück halten die Mädels den Laden zusammen, las Karim Davids Gedanken, der erschreckt hochfuhr.

„Und ich? Bin ich einer von ihnen?"

„Nein, du bist ein Egomane. Und es tut dir sogar gut."

David musste lächeln. Was immer in Karims Kopf vorging, er würde es nie herausfinden. Vielleicht war es grade das, was ihn so an ihm faszinierte. Schließlich beschloss David, zu duschen, da seine Kleidung einmal mehr wie ein nasser Lappen an ihm klebte. Er setzte sich auf einen der kleinen Rollbuggies, auf denen man sich sitzend fortbewegen konnte und stieß sich mit den Beinen am Teppich ab.

„Sag Karin, daß es heute Abend Ente à l'Orange gibt", rief Karim David hinterher, als dieser schon dabei war, die Leiter in den Maschinenraum hinabzusteigen.

Auf dem Weg zu seiner Kabine durchquerte David den Gemeinschafts-raum, wo Professor Del Piero und Jimmy ihm ins Auge fielen, die sich hochkonzentriert bei einer Schachpartie gegenübersaßen. Del Piero betätigte die Schachuhr und lehnte sich dann zurück. Jimmy blickte zu David auf, der fast wider Willen an dem Tisch der beiden Halt gemacht hatte.

„Willst du den nächsten Zug übernehmen?", fragte Jimmy David, der sofort den Kopf schüttelte.

„Ich hab's nur mit Karten. Bei sowas bin ich grottenschlecht."

Jimmy wandte sich wieder dem Schachbrett zu, konzentrierte sich kurz und bewegte dann sein Pferd um drei Felder.

„Das war ein bemerkenswert neurotischer Zug", bemerkte Del Piero pikiert, der dazu ansetzte, eine Figur zu bewegen, dann doch wieder absetzte.

„Und Ihre Züge sind einfach nur hundsgemein", erwiderte Jimmy, der einem Falken gleich über das Schachbrett wachte.

„Ich spiele wenigstens nicht mit meinen Opfern", konterte Del Piero, der auf seine Armbanduhr sah.

„Der größere Fisch frisst den kleineren. So weit waren wir schon", war Jimmys letzte Bemerkung, bevor wieder angespanntes Schweigen einsetzte.

David wandte sich zum Gehen, nicht weil ihn das Schachspiel zu wenig, sondern weil ihn das Gespräch der beiden viel zu sehr interessiert hatte und das ihm peinlich war. Nachdem er ausgiebig geduscht hatte, setzte er sich an den Tisch seiner Kabine und fragte sich, wie er bloß die restliche Zeit bis zur Ankunft an der Novocrest 4 totschlagen sollte. An eine Rückreise war gar nicht erst zu denken, doch nach der Begegnung mit der allwissenden, allmächtigen Maschine hätte er dann doch gerne Karim um sich herum gehabt. Schließlich raffte David sich einem plötzlichem Impuls folgend auf, griff zu einer seiner beiden eBook-Bücherhüllen und legte „Die Tränen der weißen Statue" in sein Tablet ein. Er verzichtete diesmal auf ein Vorlesen des Textes und begann zu scrollen.

„Denen gewidmet, die ich in Vorlesungen traf, die mich mit einem Hüsteln an die verstreichende Zeit in der Bücherei erinnert haben und auch allen anderen hilfreichen Geistern und Gestalten."

David scrollte wieder nach oben, da er den Namen des Autors vergessen hatte.

„Pan Ryl", entzifferte David mühsam die kryptische Schrift, dann ließ er sich mit dem Tablet in der Hand in den Stuhl zurückfallen.

„Ich. Das empirische Ich. Das programmatische Ich. Manchmal auch nur ich, ich, ich. Dann wiederum er. Er, sie, es, wir, ihr, sie machen eine Reise. Warum oder wieso wissen wir nicht, aber wir sind längst unterwegs. Die nackten Brüste einer Frau. Der anheimelnde Lärm der Masse. Die vielen glitzernden Gegenstände. Jedes könnte etwas beinhalten, was wir dringend brauchen oder wollen. Manches hält auch nur Enttäuschung parat. Das Kapitel der Enttäuschungen geht zuende.

Kapitel Zwei : Die redundante Reise des Xavier X.

Xavier!, schallte es aus der Küche, als der soeben Benannte und Titulierte stöhnend die Männerzeitschrift von seinen Beinen entfernte und aufstand. Warum hatte er sich das bloß angetan? Er war doch mittlerweile Xavier X., studierte, hatte eine eigene Wohnung und war sogar Vorstand des hiesigen Magicclubs. Ja, ich komme!, rief Xavier nach unten. Eine halbe Stunde später lümmelte er sich zufrieden und satt auf der Couch und ließ sich von seiner Mutter allerlei belanglose Geschichten, Klatsch und Tratsch erzählen, bis er irgendwann innerlich abschaltete. Wann wird er bloß das X. weglassen, wirft der Autor an dieser Stelle ein und beendet damit die redundante Reise des Xavier X.

Intermission: Zweitausend Wege, einen Menschen zu töten

A. Man wünscht ihm einen guten Morgen
B. Man wünscht ihm keinen guten Morgen
C. Gut und schlecht, schwarz und weiß, plus und minus

Appendix: Wunsch, wünschen, verwunschen gleich plus minus null

D. Ich wollte eigentlich weiterschreiben, aber

D 1. Das Alphabet hat nur sechsundzwanzig Buchstaben
D 2. Zweitausend Morde hätte niemand überlebt
D 3. weiß nicht / vielleicht auch nicht / kann schon sein / heut nicht mehr / nein, nicht wirklich“

Bei David riss der Faden, da D 3. fettgedruckt war. Fast hätte er gewusst, worauf der Autor anspielte, dann war auf einmal alles weg, fast so, als wäre es die Toilette heruntergespült worden. Stattdessen klopfte es an der Tür.

„Ja?“

Latea lugte schüchtern durch den Türschlitz.

„Darf ich reinkommen?“

„Klar.“

Fast hätte sich David umgedreht, da es ihm vorkam, als ob noch jemand den Raum betreten hatte. Latea fuhr sich schüchtern durch die Haare, während sie sich zu David an den Tisch gesellte.

„Was machst du grad?"

„Ich versuche dieses eBook zu dechiffrieren."

„Biste sowas wie 'ne Leseratte?"

Nein, überhaupt nicht. Aber irgendwie muss man die Zeit ja rumkriegen."

„Karin und ich kochen grade etwas in der Küche. Lust mitzumachen?"

David konnte sich selbst beobachten, wie er nickte, aufstand und Latea folgte, während ein anderer, tieferer Teil seiner selbst ganz genau wusste, dass er normalerweise einer Küche so gut es ging fernblieb. In der Bordküche zwei Etagen tiefer angekommen, schlugen ihm alle möglichen, fremdartigen Gerüche entgegen.

„Hey, David", begrüßte Karin ihn. „Wir versuchen grad von Karims Ente zu retten, was von ihr übriggeblieben ist."

„Wieso?", fragte David erstaunt. „Hat er's nicht hinbekommen?"

„Doch, doch. Aber dann wollte er ein Cayenne Pfeffer holen und ist nicht mehr wiedergekommen. Jetzt ist das Gemüse hinüber und die Ente verkohlt. Nur das Innere ist noch zu gebrauchen, gab Karin durch, während sie Kartoffeln schälte. Latea hielt David eine Schüssel mit Gemüse hin, während sie sich mit einem Lappen über den offenen Ofen beugte.

„Kannst du das kleinschneiden? Ich muss mich um die Sauerei hier kümmern."

„Wieso, müsste doch selbstreinigend sein? Ansonsten dürfte der Ofen an die fünfhundert Jahre alt sein."

„Jetzt fängst du auch schon an. Warum haben wir kein Projektions-TV? Kein Warp Shopping? Keine Droiden für dies und jenes? Karim und Latea sind diesmal für die Einrichtung zuständig gewesen. Sie wollten bewusst back to the roots, damit man mal Urlaub von diesem ganzen Hightechzeug hat.

„Bitte, was? Das ist doch alles grade das, was das Leben lebenswert macht", warf David ein, während er nur widerwillig zum Messer griff.

Latea musste lachen.

„Du klingst wie ein enttäuschtes Kind. Guck mal, du drückst die ganzen Knöpfe, und dann? Dann ist das nächste Loch dran. Bis es wieder irgendetwas zu betätigen gibt. So, wie es jetzt ist, ist alles viel natürlicher."

„Na, gut. Ist nachvollziehbar", lenkte David ein, während er darüber nachdachte, dass mittlerweile selbst Katzenklos selbstreinigend waren.

Nach dem Abendessen im Essensraum zog sich David in seine Kabine zurück. Gerne hätte er den Professor bei einer Schachpartie beobachtet oder den Kontakt zu Latea vertieft, aber er wurde das Gefühl nicht los, dass etwas nicht stimmte. Stattdessen versuchte er sich nochmal an dem eBook, das er angefangen hatte, kam aber nicht besonders weit. Er vermisste schmerzlich ein Fenster zum Weltraum, um sich nicht ganz so eingesperrt zu fühlen. Ihm war schon seit langer Zeit danach, eine E-Mail zu schreiben, aber er hätte nicht gewusst an wen oder warum. Schließlich legte er sich auf seine Hartschaummatratze, verschränkte die Arme hinter dem Kopf und versank in tiefe Gedankenleere. Irgendetwas fehlte, irgendetwas war ihm entgangen, dessen war er sich sicher.

11

Einige Tage waren verstrichen, ohne dass aus Davids Sicht etwas Besonderes vorgekommen war. Die Ankunft an der Novocrest 4 stand unmittelbar bevor, so dass er auf einem der Aussichtsdecks Platz genommen hatte, wo er das hektische Treiben hinter sich im Cockpitraum auszublenden versuchte. Stattdessen nahm er mit einem der auf dem Boden montierten Teleskopen die Novocrest ins Visier, die wie ein überdimensionales Rad langsam um die eigene Achse rotierte, während die an der Seite angebrachten Solarzellen ungleichmäßig aufleuchteten.

„Andockmanöver in T minus 30 Minuten. Optimaler Andockwinkel konstant. Vorberechnete Interferenzen ≤ 0,1", vermeldete der Bordcomputer.

„Fordere Daten über die momentanen solaren Energiereserven von Novocrest 4 an", vernahm David Del Pieros Stimme hinter sich.

„Elektrizität größer als eine Milliarde Ampere, Ionenantriebe für Warpsprung sind zu neunzig Prozent aufgeladen. Suboptimale Aufladung durch vermehrte Sonnenstürme in den Quartalen zwei und drei..."

„Übergehe Quantifzierungen. Irgendwelche Anomalien im Vergleich zum vorherigen Jahr?"

„Keine."

„Ausgezeichnet. Danke VX-10."

David wendete sich zu Del Piero um, der sich entspannt mit Karin unterhielt, während hinter ihm Jessup und Pare auf den Pilotensitzen die manuelle Steuerung testeten. Es war, als würde er sich selbst und seine frühere Crew beobachten, als wäre er nur noch stiller Teilnehmer an etwas, das früher sein ganzes Leben bedeutet hatte. Del Piero löste sich von Karin und ging auf David zu.

„Und, sind Sie bereit für den letzten Schritt?"

„Nicht wirklich, nein. Aber ich denke, ich habe keine Wahl, oder?"

„Ja und nein. Aber das Rätsel müssen Sie selbst lösen."

Del Piero blickte auf die Uhr, wandte sich dann von David ab und schritt zu den Piloten, die ihn auf etwas hinwiesen. Karin saß hinter ihnen an einem Tisch und tippte etwa in einen Laptop ein, während Kasimir mit verschränkten Armen alles aufmerksam beobachtete.

„Andockmanöver in T minus fünf Minuten. Bitte anschnallen", gab VX-10 durch.

Die im Cockpitraum versammelte Crew begab sich auf die gepolsterten Sitze und betätigte die Schalter für die Gurte.

„Alle Missionsparameter im grünen Bereich. Entfernung zur Novocrest 4 ≤ 20 PX. Reduziere Geschwindigkeit auf 1000 PX/h. Wendemanöver in T minus 1 Minute", erschallte es über David, der sich wie ein kleines Kind auf dem Rücksitz des Raumgleiters seiner Mutter fühlte. Fast hätte er gewusst, wie sie aussah, ihr Mantel sich anfühlte, ihr Parfum roch, aber da war nach wie vor diese Wand, die ihn von allem abschnitt, was früher passiert war.

„Wendemanöver eingeleitet. Finale Andockphase eingeleitet", vermeldete der Bordcomputer.

„Festhalten Jungs, es wird ungemütlich!", wies Del Piero seine Crew an.

Ein gigantischer Ruck gefolgt einem metallenen Echo ging durch die Riviere, der Cockpitraum wurde nur kurz aber dafür sehr heftig erschüttert.

„Boom! Das war großes Kino!", rief Pare erleichtert aus, der die Hand vom Steuerknüppel nahm und sich erschöpft zurücklehnte.

„Ok, jeder weiß, was er zu tun hat" sagte Del Piero knapp. „Weiß jemand, wo Jimmy ist?", fragte er in die Runde, die sich aufzulösen begann.

„Der ist wahrscheinlich immer noch bei Ihrem Schachspiel von heute Morgen", scherzte David.

„Das wäre schlecht. Ich brauche ihn nämlich wegen Ihnen. Es ist nämlich noch nicht hundertprozentig sicher, dass sie mit der Crew an Bord können. Es ist nämlich noch unklar, ob eines der unbemannten Reparaturraumschiffe letztes Quartal die Personenscanner mit einer neuen Firmware ausgestattet hat."

„Das teilen Sie mir erst jetzt mit?", fragte David überrascht, während er den Gurt löste und sich erhob.

„Wir bekommen Sie so oder so in die Raumstation. Die Frage ist nur ob als Person oder als Fracht."

„Mal bin ich Mensch, dann Tier, dann Gegenstand. Der Kern jeder guten Prosa."

„Ich wünschte, ich hätte so viel Zeit zum Meditieren. Karin, steht die Verbindung zum peripheren Transponder?"

„Nein, irgendetwas ist beim Abgleich mit den selbstlernenden Einheiten schief gelaufen. Soll ich sie manuell ansteuern?"

„Das entscheiden wir später. Ok, Jungs, dann los. Streitet euch um die besten Zimmer im Haus."

„Bleibt es eigentlich bei den dreizehn Tagen Aufenthalt?", erkundigte David sich, der sich vorgenommen hatte, wie immer als letzter zu gehen.

„Ja, es sei denn, es treten neue Muster in den Ionisierungsstürmen auf. Dann wird die Fernanalyse alles neu berechnen müssen", antwortete Del Piero, während er den Laptop auf dem Tisch zusammenklappte und mit ihm unter dem Arm den Cockpitraum verließ. David trottete hinter ihm her, bog dann ab, durchquerte den Freizeitraum und begab sich in seine Kabine. Dort packte er schnell zusammen, schulterte den Rucksack und war gerade dabei, den Raum zu verlassen, als das kleine Funkgerät an seinem Gürtel zu piepen begann.

„Jimmy hier. Die Personenscanner sind noch auf dem alten Stand. Wir werden dich also nicht verschicken müssen."

„Na, da bin ich ja beruhigt", antwortete David, heftete dann das Funkgerät wieder an seinen Gürtel und verließ die Kabine. Er hockte sich in den Freizeitraum und beobachtete das eilige Kommen und Gehen, stand schließlich, nachdem es abgeebbt war, auf und stieg in einen Lift. Oben angekommen entdeckte er Kasimir, der in ein Hoovercar stieg und es langsam in einen endlos erscheinenden Tunnel steuerte und schließlich beschleunigte. David begab sich in eines der geparkten Hovercars, dann fiel ihm auf, dass es nur über einen Fingerabdruckscanner aktiviert werden konnte. Er fluchte, während er zu seinem Funkgerät griff.

„Del Piero? Hier David. Die Hovercars funktionieren nur mit Fingerabdruckscannern."

„Verdammt, ich dachte, Sie fahren bei jemandem mit. Warten Sie, ich hole Sie ab."

David stieg wieder aus dem Hovercar, stellte seinen Rucksack auf dem Boden ab und setzte sich darauf, verlor sich dann in den seltsamen Geräuschen, die aus dem Tunnel kamen. Wenig später vernahm er das magnetische Summen eines Hovercars. Del Piero parkte vor ihm und bedeutete ihm mit einem Kopfnicken einzusteigen.

„Vorsicht, Türen schließen selbsttätig", zog Del Piero David auf, der neben ihm Platz nahm.

Das Hovercar setzte sich in Bewegung und schoss durch den röhrenförmigen Verbindungstunnel zwischen der Riviere und der Novocrest, dann legte es vor einem großen, rotierenden Schleusentor an. Eine Scannerdrohne entschwebte ihrer Halterung und scannte Del Pieros und Davids Gesicht. Daraufhin drehte sich das Schleusentor und das Hovercar fuhr weiter bis zum nächsten Tor. Schließlich stiegen die beiden aus dem Gefährt und marschierten einen langen Gang entlang, bogen dann in einen schmalen, dunklen und betraten einen kleinen Aufenthaltsraum mit Stehtischen, in dem Jessup und Karin Kaffee tranken. Del Piero überließ David den beiden und marschierte eilig davon.

„Und, hast du dich dem Supercomputer schon vorgestellt?", fragte Karin, die etwas Zucker in ihren Kaffee streute.

„Nein, wo ist er denn?", fragte David, der sich an einem Automaten eine heiße Schokolade einschenken ließ.

„Na, überall", antwortete Jessup gutgelaunt, während er mit den Händen durch den leeren Raum fuhr.

„Und wo kann ich mit ihm sprechen?", fragte David, der sich mit seinem Getränk zu den beiden gesellte.

„Da hast du Glück. Das Kommunikationsportal ist nur zwei Blöcke weiter. Soll ich dich dorthin führen?"

David fühlte sich entzweigerissen; ein Teil von ihm hätte nichts lieber getan als das, während bei einem anderen Teil von ihm die Alarmglocken angingen.

„Warte, ich trink noch aus."

„Nachdem du weißt, wo du hingehörst, wirst du sein wie jeder von uns", sagte Karin, während sie ihren Becher leerte. Sie stand auf, schnappte sich ihren Rucksack und trottete mit ihm auf dem Rücken davon.

„Schlimmer noch, ein Computer wird dir erzählt haben, wer du bist und wie du heißt. Dann wiederum ist das jedem von uns auf die eine oder andere Art passiert".

„Wie meinst du das?"

Na, überleg mal wie du als Kleinkind aufgewachsen bist. Erst kamen die Farben und Formen, dann die Worte, dann der aufrechte Gang. Plötzlich war man erwachsen und hat nichts mehr in frage gestellt. Bleibt nur zu hoffen, dass MSM-X dir das richtige erzählt.

„Was? Dass ich in Wirklichkeit ein berühmter Rockstar bin und irgendwo eine Villa am Strand habe?"

Beide mussten lachen, dann setzte plötzliche Ernüchterung ein. Jessup leerte seinen Becher, warf ihn in eine Mülltonne und nickte dann David zu.

„Na, komm. Bringen wir es hinter uns."

David und Jessup marschierten aus dem Aufenthaltsraum in einen langen, breiten Gang hinein, bogen dann ab und passierten Kabinentüren, von denen manche offen und andere verschlossen waren. David dachte ein weiteres Mal daran, wie er Latea hatte duschen sehen, sah stattdessen aber Jimmy kniend einen kleinen Droiden programmieren.

„Das ist Jimmys Lieblingsspielzeug. Sein persönlicher Assistent", bemerkte Jessup, dem Davids überraschte Miene aufgefallen war. „Er meint, irgendwann wird der alles an seiner Stelle tun, so daß er nicht mehr arbeiten muss. Er will dessen Einheit in einen ihm ähnlich aussehenden Androiden einbauen, den er dann von seiner Wohnzimmercouch aus mit einem Joystick steuern wird."

Die beiden bogen in einen engen, dunklen Gang ein, auf dessen rechter Seite sich Kästen mit ausrangierten Modulen stapelten.

„Nicht so schnell! Hier ist der Eingang", rief Jessup David hinterher, der eilig zu ihm zurücktrottete. Jessup öffnete eine unscheinbare Tür, indem er seine Hand vor einem Display schwenkte.

Die Tür öffnete sich und die beiden traten auf eine metallene Plattform, die an einem Terminal endete. David blickte staunend das Geländer der Plattform hinunter: in der Mitte des Raumes waren riesige Computereinheiten voll kleiner, blinkender Lichter verbaut. Kleine Drohnen mit Modulen flogen kreuz und quer durch den Raum, während an der Außenseite auf Gleisen montierte Droiden, hin- und herfuhren. Überall surrte, brummte und piepte es. Jessup trat vom Terminal zurück, das er mit ein paar weiteren Handschwenks freigeschaltet hatte, und winkte David heran.

„Bitteschön", sagte er nonchalant, dann lehnte er sich mit dem Rücken an das Geländer und schlug die Beine übereinander. David trat zögerlich an das Terminal, das einer halben metallenen Telefonzelle glich. In dessen Mitte war eine Tastatur vor einem Touchscreen, außen rum viele kleine Sonden auf Gleisen angebracht.

„Erbitte Zugriff auf Protokolle aller Gaeta-Raumschiffe", sagte David, nachdem er sich kurz geräuspert hatte.

„Verzeichnete Raumschiffe: Gaeta 1 bis 11. Gaeta 1, gebaut 3042. Droidenbeförder der achten Generation..."

„Übergehe chronolgische Reihenfolge. Erbitte Daten zu Gaeta 9."

„Gaeta 9, gebaut 3087. Raumfrachter der Klasse 4. Erster Raumfrachter der Serie mit doppeltem Urankondensator..."

„Erbitte Liste der diesjährigen Crew."

„Start 31. August 3091, Primäres Ziel: Beförderung der Passagiere zu Calima P. Crew: Anna Bertan, David Betoma, Georg Vexor..."

„Stop! Fordere sämtliche Daten zu David Betoma an."

David blickte kurz zu Jessup, der gelangweilt zur Seite schaute.

„David Betoma, geboren 21.7.3052. Übergehe weitere Infos aufgrund von Stimmübereinstimmung. Identifikation erforderlich."

Jessup eilte zu David.

„Das darfst du auf keinen Fall tun! Du dürftest offiziell gar nicht an Bord sein!"

„Wieso? Der Computer weiß es doch soundso schon."

„Ja, aber das wäre der nächste Schritt."

„Ich bin sicher nicht eine Million PX geflogen, um jetzt zurückzustecken."

Jessup winkte entnervt ab, während er in Richtung des Ausgangs marschierte.

„Tu, was du nicht lassen kannst...", sagte er noch, bevor er aus dem Raum trat.

„Autorisiere Identifikation", wendete David sich wieder an den Computer.

Ein paar der Sonden setzten sich in Bewegung und scannten David, während auf dem Touchscreen eine Hand mit fünf leuchtenden Punkten an den Fingern erschien. David führte seine Hand zum Touchscreen, während die Sonden wieder in ihre Ausgangsposition zurückfuhren.

„Gesichtsscan positiv. Fingerabdruckscan positiv. Erbitte Freigabe für Irisscan."

Auf der Tastatur vor ihm leuchteten die Buchstaben ‚O' und ‚K' auf. Als David sie drückte, drehte sich der Touchscreen und ein Irisscanner kam zum Vorschein. Ein grüner Laser flackerte kurz auf, dann drehte der Bildschirm sich wieder.

„Irisscan positiv", hallte es David entgegen, dem leicht schwindelte.

„Was kann ich für sie tun, Herr Betoma?", erklang die Terminalstimme merkwürdig verfremdet .

„Spiele alle verzeichneten Videos ab", sagte David, der sich aufgrund seiner trockenen Kehle an den Hals fasste. Ihm fiel erst jetzt auf, dass seine Stimme aufgrund des riesigen Raumes einen bizarren Nachhall erzeugte.

„LifeWire Post 21.7.3052. Länge 2:17 Min."

„Abspielen!"

„Es ist vollbracht. Unser Sohn David hat das Licht der Welt erblickt!", hörte David einen Mann sagen, dessen Stimme, ihm vertraut vorkam.

Ein in ein braunes Handtuch gewickelter Säugling in den Armen einer erschöpften, aber glücklichen Mutter wurde eingeblendet. Die verwackelte Kamera folgte ihr zu einer beigen Ledercouch, auf der sie sich vorsichtig niederließ.

„Ende des Posts. Wünschen Sie den nächsten?"

„Ja", keuchte David, der sich auf den Boden setzen musste.

Endlose Videobilder bombardierten ihn nun; Kindergeburtstage, Urlaubsausnahmen, Schulausflüge, Studentenfeiern und ein Hochzeitsvideo reihten sich aneinander, ohne dass irgendetwas davon für ihn einen Sinn ergeben hätte. Das war er, und gleichzeitig war er es nicht. Die letzte Videoaufzeichnung war ein kurzer Gesichtsscan vor dem Betreten der Gaeta 9 in einem Raketenhafen. Das letzte Bild war wie die langsame, doppelte Invertierung eines Negativs. Irgendetwas ist schiefgelaufen, waren Davids letzte Gedanken, bevor er losließ und sich alles auflöste.

Jessup und Professor Del Piero stürzten auf die Terminalplattform, aber es war niemand mehr da.

über den Autor:

Olaf Blunk
geb. 19-05-1977
in Gräfelfing
Photograph
Schriftsteller
Drehbuchautor
Wohnort: Nürnberg
Frühere Orte:
München
Hamburg
Berlin
Webseite:
calibrate.npage.de